# Taches d'encre et de sang

AU DIABLE VAUVERT

Simon Casas

# Taches d'encre et de sang

Au diable vauvert
La Laune 30600 Vauvert

www.audiable.com
contact@audiable.com

*Pour Dora et Ana Jeeka*

# LIVRE I

**Chez Camacho, le numéro 40 a fait de la résistance. Impossible de l'enfermer. Il ne voulait pas se** laisser embarquer dans le camion destiné à le transporter. Il faut dire que les toros ont une redoutable mémoire, et que le 40 avait déjà été piégé. Clac, clac… il s'en souvenait du claquement sec des portes métalliques qui se ferment. Il a donc fallu aller chercher les vaches. Car, c'est bien connu, les mâles ont la fâcheuse manie de suivre les femelles, ce qui leur fait souvent faire de grosses bêtises. C'est ce qui lui est arrivé au 40 : il a suivi les vaches qui sont, elles, ressorties du camion par une porte que l'on avait laissée ouverte. Elles ont retrouvé leurs espaces champêtres, et lui, le 40, il est resté enfermé dans sa prison roulante.

J'aimais beaucoup Giuseppe, c'était mon chien. Un soir, il a suivi une chienne jusqu'à la route nationale, et il s'est fait écraser, Giuseppe. Une mort de chien. Les toros ont des fins plus glorieuses. La mort existe, et elle nous guette : chiens, toros et humains. La tauromachie n'occulte pas la mort, elle l'affiche. C'est cela qui la rend transgressive.

Avant Camacho, à Medina Sidonia, on a embarqué trois novillos de Torrealta destinés à la présentation du jeune Manzanares pour ses débuts professionnels. Il me tarde d'assister à ce spectacle : Manzanares face aux Torrealta et aux Victoriano del Rio. Un sang royal coule dans les veines de ces bêtes et de ce torero. En tauromachie, il est vrai, la question du sang est importante. À cause de celui qui se perd, mais aussi grâce à celui que l'on sélectionne pour perpétuer la bravoure et la noblesse. Les deux qualités emblématiques des toros de combat. Bravoure et noblesse... Pour définir les comportements du toro, les hommes emploient un langage destiné aux humains plus qu'aux bêtes. C'est cela l'élevage du toro : un échange culturel entre des hommes et des animaux.

Nous sommes le 14 février. J'embarque des toros pour la feria de Primavera à Nîmes, et pour cela il faut faire beaucoup de route. Du 4 x 4 aussi, dans les champs, pour pouvoir s'approcher des toros, les observer et les choisir. Ils n'ont pas peur des voitures, cela m'a toujours étonné. C'est gros un 4 x 4, et ça fait du bruit. Les toros les côtoient malgré tout avec bienveillance.

« Este si, este no… que numero lleva este… Me gusta el 11, pero el 20 es demasiado alto… » Ça discute, dans les 4 x 4, entre l'éleveur, l'imprésario et les représentants des toreros. Chacun a ses critères, et les objectifs ne sont pas nécessairement les mêmes. Il s'agit de trouver des consensus. Mais au bout du compte, il y a au moins un but que tous recherchent : le succès. Et pour l'obtenir, tous doivent accepter de se surpasser. Nous le savons : c'est le public qui finalement nous juge, et pour être grand à ses yeux, il faut accepter de négliger la prudence.

Le lendemain, nous allons de Sanlucar de Barrameda à Salamanca où nous embarquons une sérieuse novillada de Valdefresno. Cet élevage n'a pas été annoncé à Nîmes depuis longtemps, et la diversité doit être un élément fondateur des programmes. Le soir, j'ai un rendez-vous à Madrid avec les frères Lozano pour commencer à négocier les engagements des toreros dont je m'occupe. Professionnels expérimentés, les Lozano gèrent la plus importante arène du monde : Las Ventas de Madrid ; cela donne du pouvoir et ils en abusent. Durs à cuire, surtout lorsqu'ils jouent à trois contre un. J'ai compris qu'il valait mieux temporiser…

Se promener la nuit dans les rues du centre de Madrid est un véritable bonheur. Des dizaines de bars ne désemplissent pas d'une jeunesse au contact généreux. L'Espagne ne s'ennuie nulle part, même pas dans ses villages de province. Son peuple a de la fraîcheur. Un exemple.

C'est dimanche. Pour les professionnels de l'arène ce n'est pas un jour férié. C'est le jour de la peur. Peur de tout : de l'échec, des blessures, de la chance, ou de son double, la malchance. C'est cela que certains aficionados ont du mal à comprendre : la peur. Elle finit par s'introduire biologiquement dans le corps des toreros et de leur entourage. Vivre avec la peur : passionnant, mais épuisant.



Aujourd'hui, à Nîmes, il y a une course camarguaise. Corrida veut aussi dire course. À cette différence que les raseteurs courent vraiment quand les toreros, eux, demeurent quieto, c'est-à-dire tranquilles, immobiles. Mais j'aime aussi les raseteurs, surtout les champions. Désormais parmi eux, certains sont d'origine maghrébine. Immigrés, victimes du racisme au quotidien. Boxeurs du Bronx, footballeurs des favelas, raseteurs maghrébins de Camargue, même combat, devenir des héros pour se faire accepter. À l'origine des grandes carrières, il y a toujours des blessures qui ont du mal à se cicatriser. La puissance et la gloire sont d'excellentes thérapies pour la douleur des âmes. Les gitans sont aussi des marginaux, et ce sont eux qui ont inspiré à la tauromachie espagnole ses plus belles inventions gestuelles. L'histoire de l'art est l'illustration de l'histoire des peuples.

— Qu'est-ce qu'on fait docteur ?…

Le toubib hausse les épaules. Il ne porte pas de chemise, son tricot de corps est taché, et d'évidence il n'a aucune idée sur l'assistance à prodiguer dans l'urgence au garçon que l'on vient d'allonger sur une table de bistro. Salement accroché par un toro sur la place cernée de charrettes et transformée en arène, il s'est relevé et a couru quelques foulées en direction du clocher avant de s'écrouler inanimé. Il a été transporté au café, le seul local ouvert qui donne sur la place. Son pantalon est déchiré, et sa chemise abondamment tachée de sang.

Il respire faiblement. On peut distinguer l'orifice d'entrée de la corne à la hauteur du nombril. On devine que sa mort est imminente. Aucune infrastructure médicale n'existe dans le bled. La ville la plus proche, Guadalajara, est à près d'une heure de route. Le curé arrive dans sa poussiéreuse soutane, suivi du maire.

— Don Antonio, il va mourir n'est-ce pas ? demande le curé au médecin qui, depuis l'arrivée du blessé, n'a rien fait d'autre que sortir un peu de coton d'une boîte que lui a tendue le tavernier.

— Me lo temo, je le crains, répond don Antonio.

Il n'y a plus rien à craindre, le gamin vient de rendre l'âme. Le curé, professionnellement, murmure ce qui semble être une prière, et fait quelques signes de croix. Cette extrême-onction, bien qu'un peu tardive, semble soulager l'assemblée. La médecine s'est montrée impuissante, mais le sacerdoce a réussi à remettre un peu d'ordre. Le maire, qui est accompagné de deux gardes civils, me demande :

— C'est ton copain ?

— Oui monsieur, c'était mon copain. Nous sommes des maletillas et allons dans les villages pour pouvoir toréer.

À cette époque les villages, pour leur fête patronale, organisaient des capeas, c'est-à-dire des courses de toros généralement lourds et agressivement armés. Les jeunes de la localité se plaisaient à inventer toutes sortes de jeux pour faire valoir leur témérité. Les apprentis toreros en profitaient pour essayer de voler quelques passes et étaient tout juste acceptés par le public qui les considérait comme des trouble-fête. Pourtant, après quelques évolutions à peu près réussies, on était autorisé à passer le guante, c'est-à-dire faire la quête en tenant une cape dans laquelle les gens jetaient quelques pesetas. C'est de ce guante que l'on vivait, et dans ces prestations que l'on trouvait les premières opportunités de se mesurer aux toros, donc à soi-même. Dans les années soixante, les écoles taurines n'existaient pas, et le chemin de l'apprentissage était aventureux et étroit. Aujourd'hui, il me semble incroyable d'en être passé par là. Plus qu'une autre époque, c'était un autre monde, inculte et cruel. Très isolés, les villages de l'Espagne profonde vivaient en marge de l'actualité. Leur population était brutale et primaire. Les apprentis toreros, étrangers de passage, étaient maltraités et risquaient des coups de bâton quand, pour échapper au toro, ils se réfugiaient sous une charrette. Cette « fête » durait de longues heures et les gens se saoulaient. Enfin lassés, ils demandaient aux jeunes apprentis la mise à mort du toro. Il n'y avait plus alors aucune possibilité de s'approcher de la bête devenue extrêmement avisée. L'astuce consistait à disparaître avant d'être sollicité pour porter l'estocade. Mais les villageois, eux aussi avisés, nous surveillaient pour que nous ne puissions pas nous échapper.

L'un des gardes civils me demande ma carte d'identité.

— Il est français ! clame-t-il à la ronde, comme s'il s'agissait d'une chose tout à fait extraordinaire.

Du coup, plus personne dans le café ne s'intéresse au mort. Un maletilla français, ça c'est un événement !

— Il faut le garder, dit le maire. On va encore avoir des problèmes avec l'administration parce que nous n'avons pas le droit de laisser toréer les jeunes qui ne sont pas professionnels. Chaque fois qu'on a eu des blessés, on a été emmerdé. Avec un mort sur les bras, ça va être pire. C'est de votre faute, me hèle-t-il, agressif. Avec vos histoires de toreros à la gomme… Les toros sont pour les jeunes de notre village. Pour toréer il faut avoir un contrat, et que je sache, on ne vous a jamais sollicité. Allez, embarquez-le.

Les gardes civils me prennent violemment par le bras pour m'entraîner vers un lieu de détention. J'osai alors parler timidement :

— Mais, moi, j'ai une carte professionnelle.

— Toi le Français, tu es torero ?…

— Oui, ou presque, j'ai mes papiers.

Je sors de ma poche ma carte du syndicat national du spectacle.



Les Français n'avaient alors pas le droit à l'apprentissage. Le syndicat des toreros espagnols leur interdisait encore l'accès aux novilladas non piquées. Nous ne pouvions théoriquement nous produire qu'en course formelle et dans des arènes de première catégorie. C'était une façon de nous interdire l'accès aux professions taurines. Il existait bien des protocoles d'accord avec le Mexique, la Colombie ou le Venezuela, mais pas avec la France où l'on organisait depuis longtemps des corridas sans se soucier du devenir des vocations que cette tradition engendrait. Vouloir devenir torero et être français relevait de la plus étrange excentricité.

Le maire examine mes papiers :

— Il est en règle. On n'a qu'à lui faire signer une déclaration expliquant que nous l'avions engagé en tant que professionnel, et que le mort était son sobresaliente. Avec ça on sera couvert, dit-il soulagé.

Prétextant devoir récupérer ma cape et ma muleta abandonnées sous une charrette, je dis aux gardes civils que j'irai les rejoindre dans leur officine pour signer ma déclaration. Et, profitant de la confusion, je prends la poudre d'escampette.

Ces capeas n'existent plus en Espagne, elles sont depuis longtemps interdites, et même les villages les plus éloignés ont été rattrapés par la modernité. L'apprentissage de la tauromachie s'est normalisé. On va à l'école taurine comme aux beaux-arts, au conservatoire ou dans une école de foot. L'évolution sociale a peu à peu éliminé l'aventure du chemin des passions. Sur la route des ferias, je passe à proximité de quelques-uns de ces villages où nous risquions notre vie en toute innocence. Pour quelques passes.

D'autres journées se terminaient mieux. Nos exhibitions dans les cercles de charrettes finissaient parfois par entraîner l'adhésion des villageois. Et les guantes étaient juteux. Alors, après les courses, nous restions le soir dans la cité. On y mangeait et on y faisait la fête. Nous étions très sollicités, et le bonheur était complet quand nous avions l'opportunité de coincer une paysanne naïve et chaude dans un pré. Ils étaient bons ces clairs de lune à se sentir tout à la fois torero et macho. Le plaisir venait de loin : la peur, la confrontation au toro, le rapport à la foule, en composaient la substance. Les jeunes filles avaient l'art d'une jouissance peu élaborée mais intense. Nous étions proches de l'animalité.

Assis sur un modeste lit, le maestro joue de la main avec la clé de sa chambre. Tête baissée, comme un enfant qui aurait fauté. Je pense qu'une fois de plus il doit analyser, suivant d'ésotériques calculs, les probabilités de la numérologie: «Chambre 214. Deux plus un, plus quatre, ça fait sept… Sept, c'est un bon chiffre». Le rituel scénographique a été respecté: aucune présence de la couleur maudite, le jaune, les images religieuses disposées sur une table de nuit, les draps de lit à peine dépliés, et une serviette de toilette blanche abandonnée sur le sol. Pour signifier parfaitement l'ordre habituel, il faut toujours un petit signe de désordre inhabituel. Les toreros superstitieux, et ils le sont quasiment tous, mettent en scène leur chambre d'hôtel. Comme s'il s'agissait de mettre leur peur en boîte. Bien fermée.

L'hôtel, comme de coutume, n'a pas été choisi en fonction de ses commodités. C'est l'hôtel; celui de toujours. «De toda la vida», de toutes les corridas. Le bon hôtel est celui où l'on retourne après la course…

Retourner. À Andujar, le maestro est revenu à la source de sa carrière: c'est dans cette arène que pour la première fois il a revêtu le costume de lumière. Il y a exactement trente et un ans.

Je me souviens qu'une nuit, insomniaque, il m'avait dit: «Fais attention, le jour est notre ennemi. Si tu as un beau tableau chez toi, ferme les rideaux. Ne laisse pas s'en approcher la lumière. La nuit, nous ne pouvons être tranquilles que la nuit.»

Et c'est ainsi que s'est retiré le maestro: en fermant les rideaux de sa chambre mentale. Il est parti sans dire adieu. Ce n'est pas une question de courtoisie que de se retirer des arènes. Assis sur un modeste lit, il a seulement dit: «Je ne toréerai plus jamais». Il s'est levé et il est parti. Nous étions à Andujar, le 9 septembre 2000.

Hier, 22 février 2002, dans les arènes de Nîmes, Jose Mari Manzanares, le propre fils du maestro, a débuté en novillada piquée. Le père était là, dans le callejon, anticipant tous les mouvements du novillo et du jeune torero. Récitant sans arrêt de multiples conseils: «Tocalo, llevalo… quieto, despacio, vamos…» Le plus incroyable message d'amour n'est-il pas de conseiller à son fils de courir le risque de se faire encorner ? De se faire blesser, de saigner… Mourir peut-être…

Avec quoi est-ce qu'on torée ? Avec la tête disent les uns, avec les couilles disent les autres. Moi, je crois qu'on torée avec le cœur. C'est-à-dire avec générosité. C'est elle que chaque torero doit solliciter. Donner, toujours se donner… C'est ce qu'a fait à Nîmes Cesar Jimenez : il nous a offert son orientale personnalité, présenté l'excellence et la précision de sa technique, et démontré les multiples équations de sa gestuelle.

Il est déjà le successeur potentiel des vedettes actuelles. Comme toujours, la compétition va être rude, mais Cesar a dans le regard cette lueur de détermination qui est la marque des grandes figuras. Une façon très spéciale de fixer le destin.

Tous les aficionados ne sont pas des madrilènes, capables de juger les prestations des toreros en fonction du comportement des toros. Là est pourtant le cœur de la question : que doit faire le torero en fonction des spécificités de l'animal qu'il va affronter ? À Madrid, on peut être triomphateur de la feria de San Isidro avec une faena composée d'à peine une quinzaine de passes. Le public de Las Ventas sait que ces quinze passes étaient justes et nécessaires. Celles-là et pas plus ; ni moins. Il m'a semblé qu'hier soir à Nîmes, trop de spectateurs sont passés à côté des combats des toreros face à des novillos difficiles de Valdefresno. Tous trois se sont fait sévèrement accrocher, et cela méritait objectivement davantage d'encouragements. N'est pas excellent aficionado qui veut. Je me souviens de mes voyages avec certains maestros dont j'étais l'apoderado, le manager. Après les corridas, lors du dîner, j'ai souvent été troublé par leurs doutes. Ils hésitent : tel toro fut-il vraiment comme je l'ai vu ? L'ai-je toréé comme il le fallait ? Le meilleur aficionado est celui qui sait qu'il ne saura jamais. Être ou ne pas être… À cette question, l'aficionado doit apporter une réponse teintée d'humilité. Le torero et son combat, voilà le texte qu'il faudrait un jour écrire. L'autre, *Le Toro et son combat* de Popelin, n'est pas l'infaillible référence technique que l'on croit.

Du point de vue du torero, la technique sert davantage à combattre la peur que l'adversaire. Elle le protège de lui-même. Elle le rassure. Tous les toros ne sont pas les mêmes, chacun doit recevoir la lidia, la stratégie de combat qui lui convient ; c'est-à-dire adaptée à ses spécificités et fondée sur quelques règles sacrées. Mais la technique a pour limite la peur, car la connaissance demeure vaine si l'on n'est pas en mesure de l'appliquer. Le premier atout du torero c'est le courage. Cette évidence n'est pas toujours admise. Certains croient qu'en tauromachie tout ne serait que technique… Comme si admettre la suprématie du courage leur était difficile… En tauromachie, tout est courage. Pour l'homme comme pour l'animal, qui doit avoir caste et bravoure. Le combat du toro est déterminé par le combat du torero avec lui-même. Le cœur au moment de prendre des risques est plus utile que la tête.

C'est lorsqu'ils ne se sentent plus capables de lutter contre leur peur que les maestros se retirent. Au moment où ils ont acquis le plus d'expérience et de technique… Mais ils n'ont plus les moyens de lutter contre elle : la peur.

J'aime les marins qui traversent les océans en solitaires. L'un d'eux m'a dit un jour : « Si je n'avais pas été marin, j'aurais aimé être torero ». Aucun de mes amis toreros ne m'a jamais déclaré qu'il aurait aimé être marin.

Problème de perspectives, d'évaluation des horizons, de perception de la solitude ? Le torero est enfermé dans le cercle des barrières rouges. Le marin, lui, voit plus loin. Au-delà des ultimes vagues. À l'horizon il n'y a pas de burladeros. Ni sortie ni refuge. Le torero dans le cercle rouge, peut se dissimuler, se cacher, entrer dans le burladero, tromper la mort. Le marin vogue avec elle ; le torero s'y affronte, ce qui est moins poétique. Pour cela, les marins solitaires réalisent de plus parfaites faenas. Ils toréent sans burladeros.

Ils ont du temps, beaucoup de temps sur les océans, et on pense en naviguant…

Dompter le vent, agir subtilement sur la dynamique des déplacements… Le bateau, le toro… Voiles et muletas : étoffes tendues, gonflées d'âme. Mouvements. Indomptables mouvements.

Je me souviens de la première fois que j'ai toréé une vachette. J'avais douze ans. J'ai ressenti un extrême plaisir lorsque sa masse a frôlé mon corps. Une réelle jouissance. Ses yeux globuleux, entourés de longs cils, me fixaient. Je l'ai provoquée de la voix et en frappant du pied. Elle a bondi sur moi. À l'assaut de mon corps, de mon être. Elle m'a accroché et m'a piétiné. Je me suis évanoui. Lorsque j'ai ouvert les yeux, deux femmes étaient penchées sur moi. Elles me touchaient pour vérifier que je n'avais rien de cassé. Je n'étais pas blessé. Ce moment me sembla agréable : qu'il était doux d'être l'objet de l'attention de ces femmes ! Sans elles, disait Luis Miguel Dominguin, je n'aurais jamais trouvé le courage d'entrer dans une arène.

Je songe à Juan Belmonte : marin et aimant les femmes. Poète aussi. Il est le torero le plus important de tous les temps parce qu'il fut le premier à réduire les distances et les mouvements dans l'exécution des passes. Il a inventé l'immobilité face aux cornes. Quieto. Calme. Jouant uniquement avec sa voile rouge, sa muleta. Il a pu, il a su, embarquer les toros dans de longs et plus lents voyages. Passes liées : on n'avait, avant lui, jamais vu ça. « Tu te mets là et tu t'enlèves, ou alors c'est le toro qui t'enlève », disait le grand Lagartijo. Cettc théorie était le fondement technique de l'histoire de la tauromachie avant Belmonte. Lui, répondit au début du XXe siècle : « Tu te mets là, tu ne t'enlèves pas… Tous les terrains appartiennent au torero… » Le public crut que Juan était fou. Qu'un toro irrémédiablement le tuerait.

Il s'est suicidé, mais à l'aide un pistolet, et, dit-on, pour l'amour d'une femme. À soixante-dix ans. Manuel Chaves Nogales a magnifiquement écrit sa biographie. Le texte s'achève sur ces mots : *La vérité, la vérité, c'est que je suis né ce matin.* C'est en cela que Juan Belmonte était un marin : perspectives, évaluation des horizons. Solitude. Belmonte vogua toute sa vie avec la mort, et il finit par l'épouser.



Vingt ans plus tard arrive Manolete. On raconte qu'un jour, dans la cour d'une ferme d'élevage où séchait un drap de lit étendu sur un fil entre deux piquets, surgit une vache échappée d'un enclos. La bête, furieuse, attaque le drap que le vent agitait. Elle agressait l'étoffe parce qu'elle ne cessait de bouger. La vache lui donnait de multiples coups de corne. Mais elle ne s'attaquait jamais aux piquets qui soutenaient la corde d'étendage. Manolete, alors au début de sa glorieuse carrière, observant cette scène, murmura pensif: « Je demeurerai toujours immobile. Face au toro, je serai planté comme un piquet ».

C'est ce qu'il fit durant des centaines de corridas. Il risqua de cette façon sa vie, et finit par la perdre en portant une estocade, c'est-à-dire en bougeant ! Dompter les mouvements. Les indomptables mouvements…

J'aime la tauromachie parce que les toreros sont des poètes. Silencieux. Comme les marins qui traversent les océans. Solitaires. J'aime la tauromachie parce que les toreros ont peur. Prisonniers et esclaves de la peur, affirmait Belmonte. Pour l'amadouer, il disait dialoguer avec elle. Séduire la peur, comme on drague les femmes… Et le sable, au fond des mers.

Enchaînement de passes, comme un enchaînement de paroles, comme une phrase qui s'étire, comme un discours qui se cherche. Passes qui se ponctuent par des passes de poitrine, à la hauteur des seins, ou celles qui sont dites de la firma : signées, identifiées. D'autres qui changent de main, par-devant ou par derrière. Écrire en changeant de main : rêve de fou. Des passes dans lesquelles on s'enveloppe, les molinetes, comme pour s'y cacher. Créées par Belmonte, qui s'est suicidé, ou par Gallito, « le petit coq », que le toro Bailador, « danseur », a tué. Passes du mépris, quand on oublie sa vie, passe de la sainte, la veronica, et sa moitié, la demie.

Il faut que le toro passe, qu'il s'éloigne, puis qu'immédiatement, dans un même mouvement, revienne. Et que passe aussi le temps, au risque de l'avis, et se réalise l'harmonie, au risque de la vie.

Passe, rêve fleuri de torero, comme la passe-rosée, espèce de tulipe, ou la coquelourde, que l'on dit passe-fleur. Bien toréer : un rêve comme une passe d'oiseau : géométrie à mutations mystérieuses. Passe légère, comme le vol du passe-bleu, moineau de Cayenne, de la passe brune, fauvette d'hiver, ou de la passe folle, mouette d'Amérique.

Passes de toreros : pensées de matadors. D'abord, un appel du corps, pour que la bête charge, puis feinte ajustée, pour que le toro s'éloigne, parade enfin pour que le torero soit beau. Passes : promenades vers la mort… Destination finale, vers où l'homme avance, danse, solitaire, animé par une naïve arrogance. Passe torero.

On est bien ridé, ou non. Sur le visage de Damaso Gonzalez on peut ainsi lire les épitaphes de tous les toros qu'il a mis à mort. Damaso n'a jamais fait dans la demi-mesure, et toujours osé une outrancière sincérité. Alors, comme l'on dit, ça marque. Et cette marque-là ne s'efface pas. Ce torero est à citer à l'ordre des plus hauts mérites tauromachiques. Qu'on le regarde bien, il n'y aura bientôt plus de matadors dont la mouvance exprime le caractère de l'âme. De nos jours, ils sortent avec des prix d'excellence des écoles taurines. Les vedettes du passé n'avaient rien d'étudiants aseptisés; c'est dans la douleur que se forgeait leur identité artistique. L'errance préalable à leur réussite façonnait leur manière d'être; leur personnalité était une expression de mémoire. Damaso Gonzalez, donc, a de magnifiques rides gravées sur son visage; elles doivent se lire comme un livre très ancien : l'histoire qu'elles nous racontent est vieille. Il ne sourit que rarement, il ne fait pas dans la petite complaisance, lui qui n'a qu'une absolue inquiétude: trouver le mot de passe. Oui, le mot de passe, celui qui va lui permettre, quel que soit le toro, de le faire passer au plus près de son corps sans qu'il ne touche jamais le drapelet rouge.

Le mot des passes... Le regard scrutant, il recherche de la bête la moindre spécificité du comportement. Damaso commence sa faena. Il teste. À droite, puis à gauche. Plutôt à demi-hauteur. Il teste l'espace, les terrains, les rythmes. Il se teste lui-même. Il sait qu'il arrivera, coûte que coûte, à l'obliger à admettre son audacieuse approche. Sa provocation. Car pénétrer ainsi sur le terrain du toro relève de l'offense. Ça y est, il y arrive... Une nouvelle fois il a trouvé la combinaison et forcé l'animal à se soumettre. C'est un violeur irrésistible, que ses victimes finissent par aimer. Il annule leurs pulsions agressives et leurs instincts de défense. Il utilise pour cela la caresse. Il les dresse, les éduque, les rend culte. Voilà ce qu'en quelques minutes

Damaso Gonzalez, grâce à ses mots de passes, parvient à faire admettre aux toros : l'homme et l'animal sont moulés dans la même culture. Unis par la même histoire, leurs désirs ne s'opposent pas, ils se mêlent. C'est ce que bon nombre de mythes antiques nous racontent. Des centaures galopent dans la mémoire humaine.

L'œuvre enfin réalisée, Damaso se permet de relever la tête. C'est vers les gradins qu'à présent il regarde : Oui, oui, semble-t-il dire, qu'il est bon de dominer un toro. Et que j'aimerais que vous acceptiez de goûter avec moi ce délice ! Entrez dans mon rêve, venez là où je vous entraîne. Allez, encore une fois je vais l'aspirer en forçant un peu la mise. Il risque de me bousculer, mais cela aussi est bon qu'il nous bouscule… Je dois continuer la faena que j'ai commencé il y a plus de trente ans. Oui, il y a plus de trente ans que je fais la même faena ma bonne dame. Une passe à l'endroit et une autre à l'envers… Je torée comme d'autres tricotent. Quoi ?… Que me dites-vous ?… Que j'ai un toro aux fesses… Tiens, comme c'est étrange, je ne l'avais pas remarqué. Merci ma bonne dame. Quant à vous, faites attention de ne blesser personne avec vos aiguilles. Ça pique les aiguilles, plus que les cornes vous savez.

La Rolls arrivait à ma hauteur. Les gens, alignés le long de l'avenue, applaudissaient sans grand enthousiasme. Je m'étais glissé en première ligne. Un «gris», c'est ainsi qu'on appelait la police franquiste, m'avait repoussé à plusieurs reprises. Le visage collé à la vitre arrière de son véhicule, le dictateur agitait mécaniquement la main. Franco faisait tout mécaniquement : ses discours, sa politique, sa guerre civile, l'amour sans doute. Le dictateur saluait son peuple.

La voiture passait à petite allure. J'avais le visage crispé, le regard arrogant. Il me remarqua. Son attention se fixa sur moi, et son salut changea. Nos regards se croisèrent. Son expression se décomposa en moins d'une seconde. J'eus l'impression qu'il était furieux de mon attitude, prêt à faire stopper son cortège, descendre de voiture, ordonner mon arrestation, organiser lui-même mon interrogatoire, me juger et proclamer sur ce trottoir sa sentence. Pour les dictateurs, les protestations les plus anodines sont aussi parfois les plus insupportables. Se battre contre l'expression du mépris n'est pas un art militaire. La Rolls s'éloigna. J'étais jeune, à Madrid, calle Alcala, au début des années soixante, au sortir d'une corrida de Las Ventas. J'habite encore cette ville, tout près de la Puerta del Sol, juste derrière la présidence de la Communauté qui était à l'époque la direction générale de la sécurité. On torturait dans ses caves.

Je roule vers San Sebastian, où toréent demain Cesar Jimenez et Ivan Garcia, deux novilleros que j'apodère. Je me souviens d'Otaegui, l'un des quatre Basques dont Franco avait ordonné la mort quelques mois avant la sienne. Face au peloton d'exécution, Otaegui avait déclaré : « Ne me cherchez pas sous la terre, je suis un vent de liberté… » Il y a des voyages qui ne se terminent jamais.

Le franquisme a eu son bouffon officiel : El Platanito, ce qui signifie « la petite banane ». Sa notoriété était énorme au début des années soixante, grâce à un nouveau média : la télévision. Elle était en noir et blanc, peu de foyers en possédaient encore, mais il y en avait dans tous les cafés.

À cette époque, Domingo Dominguin, le frère de Luis Miguel, se démarquait par ses convictions politiques. Il se situait au sein de la movida antifranquiste. Il était l'ami des intellectuels qui ont élaboré, dans la clandestinité, l'ouverture démocratique dont l'Espagne fut longue à accoucher. Domingo était organisateur de corridas et apoderado. Il était aussi, entre autres, producteur du cinéaste Luis Buñuel. Créatif et rebelle, il faisait tache dans un univers taurin conservateur et majoritairement franquiste. C'est chez Domingo que Che Guevara logeait lorsqu'il passait par Madrid. Domingo se sentait protégé par la marque Dominguin dont l'illustre Luis Miguel, ami du Caudillo, était la caution de droite.

En 1965, Domingo Dominguin inventa « la oportunidad ». Un concours destiné au lancement de jeunes toreros. « Oportunidad » signifie « chance » ; cette opération se fondait sur un concept d'ouverture sociale dont le personnage du maletilla, l'apprenti torero, était l'illustration emblématique. Dans la société franquiste, injustement sélective, c'était osé. La justice et la réussite possibles pour tous, voilà ce que signifiait « la oportunidad » de Vista Alegre, deuxième arène de Madrid, située dans le quartier populaire de Carabanchel.

Tous les samedis soir, une novillada non piquée était retransmise en direct à la télévision, dans laquelle concouraient six jeunes sélectionnés sur leurs mérites, éprouvés au cours de tientas. Quelques-uns d'entre eux pourraient accéder à la fortune et la gloire, malgré toutes les difficultés économiques et sociales. Le système politique trouvait son compte dans ce reality-show tauromachique. Tous les régimes totalitaires utilisent les spectacles de masse pour manipuler l'imaginaire des classes populaires défavorisées. Cependant, Domingo Dominguin avait réussi à doubler les idéologues du régime ; la télévision avait créé un imprévisible effet : « les opportunités » de Vista Alegre servaient davantage les rêveries de rébellion chez les plus démunis qu'à les endormir davantage. Tel fut le génie de Domingo : il trompa Franco en toute impunité avec un maximum d'audience, et sur l'un de ses terrains de jeux favori, la tauromachie.

Des novilladas de Vista Alegre ont révélé plusieurs grandes vedettes. Sebastian Palomo Linares et Angel Teruel notamment. Pourtant, le personnage qui demeure le plus emblématique des « oportunidades » est Blas Romero El Platanito. Il exécutait dans l'arène, avec de petits novillos, des excentricités qui laissaient la tauromachie de Manuel Benitez El Cordobes au rang du classicisme le plus orthodoxe. El Platanito plagiait jusqu'à la dérision El Cordobes, perçu comme la caution populaire officielle de Franco qui, à cette époque, l'invitait régulièrement à éclater de rire à sa table. Le généralissimo, avec sa gueule d'aubergine décorée de l'ordre de tous les mérites, se fendait de quelques sourires en présence du Cordobes. N'était-il pas un exemple idéal de l'intégration possible d'un « voyou » dans l'ordre fasciste ? Cependant, dans leurs dos, El Platanito faisait le pitre. Il était au sens propre un bouffon, avec toute la nocivité politique que peut représenter ce genre de personnages lorsqu'ils échappent aux vigiles de l'idéologie régnante. La réussite du Platanito était devenue incontournable ; l'Espagne riait grâce à lui, elle soupçonnait aussi que la révolte était possible. « La petite banane » semait, sans s'en douter, des germes de rébellion... El Platanito remplissait toutes les arènes. Je me souviens avoir moi-même toréé avec lui à plusieurs reprises. Notamment à Valladolid et Lorca. Curro de Alba (qui fit plus tard carrière sous le nom de Damaso Gonzalez...) était le troisième torero de ces cartels, et El Platanito fut peu à peu poussé vers la roche Tarpéienne... Il était devenu gênant.



De nombreuses années plus tard, de nos jours, Blas Romero a réapparu, vendant des billets de loterie nationale à l'entrée des arènes de Las Ventas de Madrid. Exemple d'humilité et d'amabilité, il propose ses billets avec un petit sourire qui semble signifier : « Avec moi, on ne sait jamais… Tout est possible ».

L'élevage du toro n'est pas une science exacte : l'éleveur de Fuente Ymbro espérait une bonne novillada à San Sebastian, l'un des premiers événements de la temporada. Ce ne fut pas le cas. Les animaux sont sortis sans caste et présentant de vilaines difficultés. Sauf le dernier, excellent de noblesse, auquel Ivan Garcia a coupé une oreille. Cesar Jimenez aurait pu triompher s'il avait eu plus de réussite à l'épée, grâce à d'étonnantes qualités : courage, technique, répertoire et personnalité. Il ne serait pas étonnant que ce torero devienne rapidement l'une des vedettes de la saison. Cette nuit, je vais à Castellon où commence la première feria du circuit. Jusqu'à fin octobre les kilomètres vont s'enchaîner ; les espérances et déceptions aussi. L'incertitude nous habite constamment dans le monde taurin. C'est le plus difficile à supporter : ne jamais être sûr de rien.

La feria de Castellon a débuté tristement. Les Alcurrucen ont été fades : manque de combativité et justes de force. Peu d'élevages réunissent les qualités que souhaitent aficionados et imprésarios, fondées sur le caractère des toros et leur résistance. Le producteur de la corrida et le public ont pourtant le même intérêt : un spectacle émouvant. Cela dépend évidemment du comportement des toros. Les aficionados avertis le savent : le pourcentage de bons toros est réduit. Il y a plus de corridas ennuyeuses que d'après-midi passionnantes. C'est vrai partout, à Madrid, Séville, Pampelune ou Bilbao... En France, certains spectateurs – la majorité – sont mal informés de l'actualité taurine. Dans les grandes arènes espagnoles, il y a plus de corridas ratées que de courses brillantes ; l'attente de quelques minutes d'émotion est souvent longue. Le rôle de l'imprésario se situe en amont du spectacle, c'est sur les programmes qu'il propose qu'il doit être jugé. Sa mission est d'annoncer les meilleurs élevages, les toreros les plus compétitifs, et d'avoir de l'originalité. Après, c'est aux acteurs de jouer. Enfin, il y a la chance : ce sont quelques détails qui font basculer la corrida du côté du succès ou de l'échec. Là est la différence entre la tauromachie et les autres spectacles : celui de l'arène ne se répète pas ; il se crée au moment où il se déroule. On ne présente pas au public un produit achevé. C'est l'imprévisible qui préside, et nul ne sait par avance ce qui va se passer. Celui qui n'est pas prêt à admettre ce postulat ne doit pas aller voir de corridas. L'arène est une scène ou l'irrationnel a le premier rôle, et comprendre les raisons de l'échec est parfois aussi passionnant que jouir des actions réussies.

Le jeu des toros portugais de Palha a été varié, tous ont été mobiles et toréables. Mais il fallait savoir les combattre en trouvant les distances justes et le rythme adapté. Il fallait aussi du courage : un toro qui n'est pas d'une noblesse stupide a toujours un immédiat danger potentiel. Les toreros ont été en deçà des possibilités offertes par leurs adversaires. Les matadors contemporains sont victimes de la faena unique : passes droitières, naturelles, passes de poitrine, et on recommence… C'est le défaut de la majorité des toreros. Le public est en grande partie responsable : il faut avoir la capacité d'attendre du torero la faena que la spécificité de chaque toro demande. C'est cela être un bon aficionado. En tauromachie, la création est obligatoirement interactive ; le torero doit répondre en simultané à deux exigences : celle du public et celle du toro. Si le public ne comprend pas le toro, alors le torero est condamné à une création limitée et banale. L'expression des toreros est prédéterminée par la sensibilité et la connaissance du public auquel ils s'adressent. Leur inspiration et leur engagement sont les conséquences du comportement des spectateurs pour lesquels ils toréent. Les toreros ne s'y trompent pas : ils connaissent les publics et détectent le niveau de leur culture taurine. Quelques infimes détails suffisent à le révéler : un soupir ou un murmure collectif, un silence ou un olé... Olé : c'est la parole du public ; cette expression ne veut rien dire en soit, ce qui lui donne du sens c'est sa musicalité.

Dans les arènes de Madrid on ne joue jamais de musique, mais chaque olé est porté par une intensité et une sonorité différentes. Les toreros entendent la musique des olés. De même à Séville où l'enchaînement des silences et des olés est le langage du public de la Maestranza. Tel est le dialogue qui s'instaure entre le torero et son public : un geste, une passe, souvent précédés d'un silence chargé d'attente, qui génère un olé d'une spécifique intensité. Un olé qui exprime le sentiment du public dans son ensemble. Passes et olés s'enchaînent... Deux discours qui se tissent.

La musique est un élément essentiel de la construction de l'œuvre tauromachique. Elle agit sur le torero, sa sensibilité, l'éclosion de ses gestes et leur esthétique. La musique s'engouffre dans le volume des passes, comme le vent dans une voile. Elle gonfle l'âme du torero, et fait voguer sa faena. Il y a de l'opéra dans la corrida. Ceux qui les président doivent savoir quand il y a lieu d'appeler la musique. Comme un chef d'orchestre qui, du bout de sa baguette, force les cordes, et de l'autre main tempère les cuivres. Je rêve d'une corrida avec un accompagnement symphonique.

Parfois, pour me remémorer une passe, je regarde ma main : elle joue sur l'articulation du poignet. Mon bras légèrement se déploie, coude incurvé. L'extrémité de mes doigts tremble pour signifier un discret appel. Alors arrive au galop le toro. De mes tripes vers ma gorge s'étire un râle : le olé. Le corps du torero est un instrument à cordes. La tauromachie est un art : le public doit se laisser guider par sa sensibilité ; il faut ensuite du temps pour acquérir un peu de connaissance… L'aficionado doit être délicat dans le dosage : « L'art du toreo est aussi celui des caresses », a dit Curro Romero à Cristina Sanchez le jour où il lui donna l'alternative.

Curro Romero… Un jour, ou plutôt une nuit, j'ai vu pleurer le Pharaon. Nous étions dans l'arrière-salle d'un modeste café à Séville. C'est dans ce genre de lieu qu'il aime installer la salle de son trône. Dans des univers de tables bancales. C'est là aussi que ses troubadours chantent sa gloire, et le souvenir des moments où le prince a débouché le flacon de ses magiques parfums. Chants profonds, rythmés avec le creux des mains. Musique rituelle, flamenco, au fond d'une vieille tasca.

Curro écoutait chanter, et il pleurait. Comme tous les monarques il ne produit pas de gestes, mais des signes dont chacun est un rappel à l'ordre de la beauté. Il en était ainsi même lorsque ses jambes vacillaient sous l'effet de la peur. Lorsque Curro Romero toréait à la Maestranza de Séville, il n'y avait pas un public mais une assemblée de mystiques fidèles éduqués par la mémoire d'une demi-véronique ciselée ou d'une trinchera sculptée. Séville... Il faut un A à Sevilla pour que ce nom exprime sa vérité phonétique. Comme un prêtre, Curro répartissait véroniques et passes naturelles : rouges et impies hosties.

Hier, dimanche 10 mars, mon ami Jean-Pierre est mort à l'île de Pâques. Le jour de son anniversaire. Hier, c'était aussi le premier de ma fille. C'est chez Jean-Pierre, à Montpellier, que j'attendais il y a un an sa naissance. Il m'avait organisé un dîner savant et savoureux. Il savait vivre ; il a aussi su mourir : de façon romanesque. Pour ses 50 ans, il avait organisé une fête spectaculaire à l'opéra de Montpellier ; ses amis lui avaient offert un voyage autour du monde. Jean-Pierre, avant son départ, racontait que, dans cette balade, c'est à l'île de Pâques qu'il lui tardait d'arriver. Avait-il l'intuition que ce serait aussi sa dernière étape ? Il est mort subitement, comme l'on dit, en festoyant avec quelques amis. Il y a trois mois, nous étions allés à Rome où il m'avait fait découvrir Caravage. Les circonstances de sa mort le fascinaient. Tous ses amis ont été effondrés par sa disparition. On le pleure.

À Castellon, aujourd'hui, Caballero, Padilla et Ferrera ont mis à mort des Victorino Martin. Mise à mort… Il y a des jours où l'on n'a pas envie de parler de corridas.

La feria de Valencia vient de s'achever sur un maigre bilan : les élevages ont accusé une faiblesse inquiétante. Seule la corrida de Jandilla a eu de la mobilité. Cette ganaderia est à la hausse, comme quoi la sélection en tienta et le choix des reproducteurs sont essentiels pour agir sur l'état des cheptels. En sélectionnant la caste, plus que la noblesse light que demandent certaines vedettes, on peut agir rapidement sur l'évolution d'une ganaderia.

La mobilité : tel est le but à rechercher. Elle est le fruit de la bravoure, mais aussi du type zootechnique de chaque caste, et de l'âge approprié des toros. Le marché taurin fonctionne actuellement sur une somme d'erreurs dont les professionnels ne sont pas les seuls responsables. L'origine de certains maux remonte aux années soixante-dix où, sous la pression d'une presse aux exigences décalées, les éleveurs ont recherché une présentation d'animaux ne correspondant plus aux caractéristiques de chaque race. À quoi sert un toro trop lourd, trop âgé, trop haut et trop encorné, si on obtient un animal dénaturé, sans mobilité, ni réelle combativité ?

Certains croient que les plus vaillants sont les toreros qui affrontent des élevages de dure réputation. Le danger provient d'abord de la façon dont on torée. Rester immobile, en exécutant de longues passes à un rythme lent, en allant chercher le toro devant soi pour le conduire derrière sa ceinture, puis être capable de le reprendre pour un enchaînement de passes où la muleta sera tirée par le bas, le corps restant décontracté : c'est dans cette façon de toréer que réside le risque majeur. C'est lorsque l'on a confondu volume de la bête et danger, qu'on a pris un mauvais virage. Avant cette époque, les corridas, à Madrid où ailleurs, avaient un pourcentage élevé de réussite, c'est-à-dire d'émotion. De nos jours l'ennui est souvent la norme : les toros ont perdu de leur caste et s'arrêtent parfois en cours de combat. Certaines origines, telles que Santa Coloma, dont le gabarit naturel est réduit, ont pratiquement disparu des grandes ferias, et c'est dommage. On confond actuellement grandes arènes et grands toros, c'est idiot. Il en est des toros comme des hommes : ce ne sont pas les plus volumineux qui sont les plus dangereux. Dans les arts de combat, ceux des poids lourds ne sont pas les plus passionnants. Les boxeurs de taille moyenne, à la musculature harmonieuse, mobiles, rapides et jeunes, font les plus belles et passionnantes exhibitions. Sur les champs de courses hippiques les pur-sang, fins et agiles, sont plus adaptés à l'exercice demandé que les percherons…

La solution pourrait être la réduction du nombre des corridas. Il y en a trop, cela contraint les éleveurs à la surproduction au détriment de la sélection. Encore faudrait-il réviser les convictions récurrentes de certains aficionados dogmatiques. Protéger la corrida, c'est savoir ce que doit être réellement un toro de combat.

Les professionnels devraient contribuer à cette réflexion : la corrida dépend, en Espagne, du ministère de l'Intérieur, et en France, de l'Union des villes taurines, qui calque son règlement sur la loi espagnole. Est-ce de cette institution dont la tauromachie et le public ont besoin en France ? Les penseurs sont plus nécessaires que les censeurs.

Si Saint-Exupéry avait connu El Juli, il aurait imaginé pour lui une planète. Une arène sur orbite avec un toro face à un petit prince en costume de lumière et, dans la contre-piste, un monsieur bedonnant : le papa de Julian qui gère sa carrière. Lui aussi voulut devenir torero, mais sa tentative fut vaine. Peut-être faut-il, comme dans d'autres cas, rechercher les racines de la vocation du fils dans le souvenir des frustrations taurines du père ? Est-ce pour cela que Julian Lopez El Juli n'a jamais été un enfant ? Depuis sa naissance il est torero. C'est-à-dire en compétition : avec les toros, lui-même, son père, les autres matadors, et sans doute aussi, le soleil, la lune et tous les éléments de la nature. C'est cela vouloir être torero : le désir fou d'être le vainqueur de tout. Là est la motivation profonde du courage : un appétit de conquête, de reconnaissance et de gloire.

Les surdoués ne sont pas forcément sympathiques, El Juli, lui, l'est. Avec maturité il sait évaluer le comportement des humains tout autant que la nature des bêtes. Il n'affronte pas les toros : il dialogue avec eux. Et c'est toujours lui qui a le dernier mot. Il faut croire que la capacité à jouer sa peau est à mettre au rang d'études dialectiques supérieures. Rien d'étonnant : mettre quotidiennement à l'épreuve ses propres limites est la meilleure méthode pour comprendre celles des autres. J'ai connu en culotte courte beaucoup de futurs maestros : tous avaient en commun cette surprenante capacité. Il existe, c'est clair, une université de l'arène où, dès l'adolescence, on apprend à puiser en soi-même l'énergie et l'intelligence qu'il faut pour pouvoir s'accoupler aux toros.

Magicien du répertoire, Julian a ressorti des encyclopédies taurines des passes oubliées auxquelles il a redonné un air de modernité. Manipulateur de foules, il fascine tous les publics. De l'aficionado le plus exigeant au spectateur avide de spectaculaire. De nouveaux noms de passes se sont mis à fleurir dans les critiques taurines : crinolina, saltillera, altanera ou encore la zapopina rebaptisée lopezina... Pour parler du jeune Juli, la presse spécialisée a dû employer un nouveau langage. Telle est la particularité des génies : nous renvoyer à nos chères études. Quand El Juli saisit la cape, les banderilles, la muleta ou l'épée, il prend aussi le public.

Comme si ce dernier était également un outil, un instrument pour créer le spectacle sans faille que Julian veut imposer. Celui du triomphe de sa volonté et de sa plasticité. Et s'il peut tout inventer, mieux que nul autre torero, c'est parce qu'il a un courage sans faille. Guerrita disait déjà au XIXe siècle : *Le toreo c'est d'abord du courage, puis après du courage et enfin du courage*... El Juli n'a jamais oublié la leçon du premier grand maestro de l'histoire. Il y a ajouté un petit dogme : risquer un coup de corne, certes, mais avec le sourire.

« Il a de la caste, de la race », disent avec admiration ses compagnons. El Juli est un seigneur, un empereur même, car il n'y a pas de limites à ses victoires. Depuis son plus jeune âge, c'est-à-dire au stade de l'apprentissage, il a conquis tous les territoires. Des arènes de Nîmes à celles de Mexico, en passant par toutes les capitales : Madrid, Séville, Lima, Bogota, Quito... Depuis Hernan Cortes, peu d'Espagnols ont eu le mérite de réussir d'aussi radicales conquêtes. Mais El Juli, lui, n'a tué que des toros... Jamais il n'a économisé sa peau. On se souvient qu'en 2001, c'est à Bilbao, l'arène des grands toros, qu'il a décidé de réapparaître alors que sa dernière blessure n'était pas cicatrisée. Il y a affronté des Victorino Martin, un élevage que d'autres vedettes répugnent à combattre, préférant la douceur de charges plus complaisantes. Son deuxième toro l'a frappé au visage, déchirant largement sa lèvre supérieure. Son sourire alors était rouge. Rouge de sang. Opéré le soir même, il n'annula pas son deuxième contrat, et on le vit au paseo du surlendemain dans les mêmes arènes. L'odeur du chloroforme n'endort pas les grands toreros.

El Juli en veut toujours plus pour prouver sa suprématie et son talent. Être numéro un ou rien. El Juli finira par se battre avec lui-même. Là est la folie des grands conquérants, ils ne se reconnaissent qu'un seul concurrent : eux-mêmes. Alors Julian en fait chaque jour davantage ; jusqu'à ce qu'un mauvais coup de corne, peut-être, l'arrête.

J'ai eu le bonheur de produire son alternative dans les arènes de Nîmes en septembre 1998. Ce fut une après-midi glorieuse, télévisée en direct en Espagne et au Mexique. Six jours auparavant, El Juli s'était présenté aux arènes de Madrid en combattant seul six novillos ; toujours la démesure… Une semaine lui a suffit pour se positionner à la cime de la pyramide du monde taurin. Ses cachets ont atteint eux aussi les mêmes sommets. Jamais dans l'histoire aucun torero n'a gagné autant d'argent. Même pas Manuel Benitez El Cordobes, l'idole des années soixante. El Juli a l'art de rafler toutes les mises : il joue gagnant, et gagne toujours.

Mais tout cela n'enlève rien à la chaleur et à l'intelligence du personnage. Parler avec lui est un plaisir. Ses commentaires sont justes, sa malice piquante, son humour décapant. El Juli est un grand torero, mais aussi un grand homme. Après avoir coupé une queue dans les arènes de Mexico, les plus vastes du monde, il est allé grimper sur l'un des monuments glorifiant les maîtres mythiques du Nouveau Monde, une bouteille de champagne à la main. Alertée, la police est venue le chercher. El Juli a répondu aux agents : « Après ce que je viens de faire, avec qui voulez-vous que je trinque ?… »

Il n'y a pas de frontière pour les mots bien et mal, les mêmes s'emploient en français et en espagnol. Il y a cependant, à Séville, un « bien » particulier. C'est celui qu'utilise le public de la Maestranza à la place du traditionnel olé. Bien… bien… bien… Lorsque les passes sont liées avec ampleur et profondeur, appuyées et cadencées, elles sont vocalement accompagnées par un râle collectif. Généralement, dans de tels cas, la musique ne tarde pas à jouer, parce que lorsque le public de Séville dit « bien », c'est que c'est vraiment bien. Respectueux en toutes circonstances il sait se taire, mais son silence pèse sur les prestations médiocres. Bien ou rien, la marge est étroite pour les toreros. Tout aussi connaisseur que le public de Madrid, celui de Séville accompagne sa compétence d'une malicieuse distinction.

Pour cette feria, certaines affiches utilisent pour date « An II après C.R. » Il faut comprendre an II après Curro Romero. Le dernier prophète de l'esthétique taurine s'étant retiré, les spectateurs des arènes s'ennuient un peu. Il est vrai qu'il n'y a momentanément plus d'artistes magiques. Paula, Antoñete et Romero ne sont plus là, et seul Curro Vasquez occupe la place de la maestria, du temple et de l'harmonie. Plus pour longtemps puisque Curro annonce ses adieux pour cette fin de temporada. Un autre torero, encore jeune, torée au sentiment : Javier Conde. Certes, El Juli ou Enrique Ponce sont de grands toreros, mais pas de sublimes artistes. Morante de la Puebla, que les Sévillans avaient déjà choisi pour mythe, manque de caractère et a préféré demeurer absent cette année de la feria d'avril, ce qui est une erreur stratégique : c'était le moment d'occuper l'imaginaire des aficionados sévillans. Lorsqu'on parvient à le pénétrer, on n'en ressort jamais. Ce public est fidèle à ses rêves plus qu'aux réalités ; ainsi est construite l'âme andalouse : de foi plus que de rationnel. Comme si ce peuple craignait que la pensée puisse altérer les sentiments. Les Sévillans ajoutent aux émotions un peu de vin fin. D'amour et de fino…



Paseo signifie promenade… Après celles des christs et des vierges, durant la semaine sainte, c'est au tour des toreros de faire les leurs : de la porte des cuadrillas jusqu'à la Porte du Prince.

Juste le temps nécessaire pour se convaincre qu'il n'y a rien de mieux pour vivre que de danser avec la mort. Sonnent alors les clarines et, si la chance le veut, vont pouvoir s'enchaîner les premières véroniques. Bien… bien…

À Séville après le vendredi saint, durant quelques jours, la cire blanche qui a coulé des cierges lors des processions sans fin, recouvre l'asphalte des rues. Les pneus des voitures glissent bruyamment. L'odeur de cette cire parfume la ville et colle aux narines. C'est pour cela que les Sévillans croient à la vie de leurs statues : que seraient les icônes sans odeur ? Du bois et un peu de peinture…

Il pleut souvent à Séville au mois d'avril… Quatorze corridas ont eu lieu depuis le dimanche de Pâques. Quatre-vingt-quatre toros ont été combattus, et la plupart des toreros se sont produits. Le bilan artistique est cependant affligeant ; le public, historiquement bienveillant, a fini par se fâcher à plusieurs reprises.

Dimanche 21 avril : la République a reçu un coup de corne.

18h30

Je suis en France où je me suis rendu pour voter. Je regarde Via Digital, la chaîne de la corrida. Aujourd'hui, à Séville, Zotoluco, Higarés et Padilla affrontent les Miura. Le premier toro se serre dangereusement à droite...

19h

Je zappe entre Séville et les télévisions françaises : les journalistes annoncent une grosse surprise pour le premier tour des présidentielles. J'en ai vite la certitude : il ne peut s'agir que du passage de Le Pen au second tour. Cette surprise en fait n'en est pas une : la France inculte, étroite, apeurée, incivique et dépolitisée devait finir par prendre le dessus sur la France qu'on aime, celle du respect des droits de l'homme et de la culture. Les beaufs sont plus dangereux que les Miura!…

19h15

Padilla évite les charges meurtrières d'un toro pervers et essaie de lui épingler quelques banderilles… La tauromachie est aussi une leçon de stratégie politique: c'est en jouant avec les passes de gauche et de droite, et les prises de terrain, que l'on peut dominer la bête.

20h

C'est annoncé: Le Pen passe au second tour: une bête de la politique vient d'entrer dans une grande arène démocratique. La France vient de recevoir un gravissime coup de corne.

20h30

Je dialogue avec mes avocats espagnols au téléphone. Les étrangers ne comprennent plus les Français… Ce qui arrive ici est inimaginable en Espagne: son peuple a vécu quarante ans de franquisme… Je leur demande d'activer ma naturalisation espagnole.

21h

La dernière corrida de la feria de Séville se termine. Elle a été aussi triste que l'ensemble du cycle. Le peuple du toro se sent un peu cocu.

22h

Le Pen parle d'un nouvel espoir pour la France ; il dit qu'il ne faut pas avoir peur, qu'il œuvre pour les sans-grades, qu'il est socialement de gauche, qu'il veut rassembler toutes les races et les cultures… Le Pen parle comme tous les démagogues ; comme tous ceux qui, dans l'histoire, ont ruiné les peuples.

22h20

Jospin annonce qu'il quitte définitivement l'arène politique. Son costume n'est plus de lumière.

22h50

Chirac nous rassure : « C'est dans la difficulté que la France trouve son chemin »… Il peut être tranquille… Les bêtes les plus lourdes ne sont pas les plus mobiles… Le Pen, au second tour, sera écrasé par Chirac.

23h
Je double ma dose de Lexomil pour pouvoir m'endormir.

Plus tard je rêve qu'un espontaneo a sauté dans l'arène à Séville. Il réalise de mauvaises passes mais le public l'acclame : c'est quand les aficionados s'ennuient qu'ils dérapent. Le peuple aime les espontaneos, ils représentent la protestation, et sont des porte-voix. L'ennui est le pire ennemi de la démocratie. Il est temps que nos hommes politiques réalisent de grandes faenas... Faudrait-il pour cela qu'ils fréquentent les écoles taurines ?

Tous les dimanches ne se ressemblent pas. Hier, 28 avril, Cesar Jimenez combattait en solo six novillos pour sa présentation à Madrid. Se produire dans cette arène est une dure épreuve : les toros y sont plus sérieux que nulle part ailleurs, et le public y exerce une pression infernale. Il ne laisse rien passer et impose l'impossible. Tous les toreros le disent : avant de toréer à Madrid ils ne trouvent pas le sommeil. En contrepartie, les succès de Madrid peuvent lancer définitivement une carrière. Cesar voulait faire sa présentation à Las Ventas avant de recevoir son alternative, et pour cela il a choisi de s'annoncer seul face à six Fuente Ymbro ; un élevage apprécié des Madrilènes. Ce genre de programmation produit un double effet sur le public et la presse : a priori on apprécie l'audace du torero mais, à cause de cela, on analysera sa prestation à la loupe. Rien ne lui sera pardonné : s'il a osé, il devra prouver ses capacités ! L'exigence sera totale ; dans tous les cas, excessive. La fameuse portion des gradins de la zone 7, celle où se rassemblent les ayatollahs qui ne cessent durant les corridas de hurler leurs diktats, sera impitoyable pour le torero. Comme dans les cirques antiques, il sera difficile de les amener à relever le pouce…

Cesar a gagné son pari. Il a coupé deux oreilles au cinquième, puis est sorti en triomphe par la Grande Porte à la fin de la course. Passer par là est le rêve de tous les toreros. Très peu ont réussi le doublé : Grande Porte de Madrid, et Porte du Prince à Séville…

Le 9 mai, jeudi de l'Ascension, Cesar Jimenez a reçu l'alternative dans les arènes de Nîmes, aux côtés de Paco Ojeda et El Juli. Il a coupé trois oreilles et démontré qu'il est l'élu désigné pour disputer aux vedettes la première place. Il s'engage totalement, possède une remarquable personnalité, a du répertoire, et sait s'adapter à chaque toro. Jamais il ne doute. Il s'appelle Cesar, la conquête de l'amphithéâtre nîmois était donc pour lui naturelle… Il l'aura réussie à trois reprises : en février, alors qu'il était novillero, le jour de son alternative, et le 19 mai, pour la feria de Nîmes. Huit oreilles au total, et trois sorties en triomphe. Il y a des hommes qui ne tardent pas à construire leur destin.

Certains ne voulaient plus voir de toros de Juan Pedro Domecq. Ils avaient tort : les deux lots que cet éleveur a produit ont démontré bravoure et noblesse. Enrique Ponce a reçu récemment un coup de corne à Séville. Convalescent, il a momentanément perdu sa maîtrise et son allant. Jose Tomas, depuis qu'il torée à Nîmes, n'a jamais jeté un regard sur les gradins. Il ne veut pas nous voir. Lui, qui parle si peu, un jour m'a dit : « Ils ne me comprennent pas… » C'était après une corrida, il y a quatre ans, où le public n'avait pas eu la patience de lui laisser construire sa faena. Des criards l'avaient pris pour cible. J'ai le sentiment que le mysticisme de Jose Tomas ne s'exprimera jamais pleinement sur le sable des arènes de Nîmes. Les poètes sont susceptibles ; et c'est bien ainsi. Sébastien Castella a été superbe durant cette feria : avec une aide appropriée, il pourrait devenir un torero important.

Le 17 mai, Manuel Benitez El Cordobes et Paco Ojeda ont toréé ensemble pour la première fois de leurs fabuleuses carrières. Que d'émotions, que de beautés ! Paco Ojeda s'est pleinement retrouvé durant quelques quarts d'heure : hypnotiseur de toros, tel est son vrai métier. Nous avions tous la chair de poule lorsque nous l'avons vu, à nouveau, les cuisses collées à la pointe des cornes, faire pivoter son buste sur ses jambes statiques, pour citer le toro d'un côté puis de l'autre, et l'enrouler autour de son corps comme s'il s'agissait d'une étoffe. Dans de tels cas, les prestations d'Ojeda devraient être classées X ; il sait trouver l'espace unique où l'édifice du plaisir va pouvoir être construit. Ses passes sont de plus en plus harmonieuses et lentes ; malheureusement, Ojeda rate le plus souvent ses estocades. C'est le destin banal des grands séducteurs : leur sensualité s'épuise dans la conquête. Manuel Benitez El Cordobes est, quant à lui, un hypnotiseur de foule. Son charme est inépuisable, sa flamme éternelle. El Cordobes n'est pas qu'un torero, il est de ceux qui montrent le chemin, il est un phare.

L'après-midi, Joselito s'est fait accrocher. Il n'a commis aucune faute mais le toro n'a pas eu une réponse logique : « Il a fait fil », c'est ainsi que l'on dit dans le jargon des toreros. C'est-à-dire, filer droit sans tenir compte des cites destinés à dévier la charge. Joselito est tombé lourdement sur le sol : trois fractures du fémur, toute une saison annulée…

Filer droit, c'est ce que l'on impose aux garnements pour les corriger… Et c'est ce que ne doit pas faire un toro pour pouvoir être toreé. Il doit répondre à tous les mouvements d'étoffe qu'avec ses poignets, et du bout des doigts, le torero crée afin de fixer son attention sur les capes et muletas, et ainsi détourner et moduler ses charges autour de son corps qui, lui, ne doit absolument pas bouger…

C'est à Tolède que j'aime voir toréer Jose Tomas. N'émane-t-il pas de cet être au physique austère, et dont les gestes sont d'une gravité religieuse, comme une odeur d'encens ? À le voir se déplacer dans l'arène, on peut être saisi par la vision des rituels sans pitié de la Sainte Inquisition. Ce torero semble s'imposer des autodafés dont il veut être l'unique supplicié. Sans doute porterait-il aussi bien la soutane que le costume de lumière. La tête légèrement penchée, face au toro, Jose Tomas se met en danger comme d'autres se livrent à la prière. Couper des oreilles n'est pas son but. La fortune et la gloire l'importent peu. Ce qui compte pour lui, c'est d'abord d'offrir son corps : sa spiritualité l'y aide. Telle est sa perversion : risquer la mort pour vivre un peu.

À Madrid, le mardi 21 mai, il su recevoir les charges désordonnées de Exhortado, le numéro 58 de l'élevage de Martelilla. Un toro bas, musclé et aux cornes fines. Peu à peu, grâce à la rigueur de son engagement, et à sa lucidité technique, il a pu envelopper les assauts dudit Exhortado dans un court ballet qui vint à bout dc la sottc agressivité de cette bête. L'homme avait trop de pouvoir. Le toro finit par accepter de suivre la muleta au rythme imposé par le maître. Blanc comme la cire d'un cierge, le visage de Jose Tomas s'est éclairé d'un faible sourire. Il avait gagné : le toro enfin dansait autour de son physique frêle. Il est allé chercher son épée, et sans l'ombre d'une crainte a plongé sur le garrot. Deux oreilles. Sortie en triomphe.

Le lendemain, El Juli a dû lutter pour être à la hauteur de sa position de leader. Sa souffrance ne lui servit à rien. Son visage a pris quelques rides qui ne disparaîtront plus.



Le vendredi 24 mai, Curro Vasquez a volé six passes magnifiques comme d'autres volent les baisers. Ce fut bref, mais quelle beauté ! Trincheras et firmas enchaînées avec une volupté qui a fait rugir de plaisir les vingt-quatre mille gorges d'un public qui sait jouir des caresses profondes. L'aficion de Madrid est vaginale. Curro Vasquez est l'un des plus grands toreros de ces quarante dernières années. Il faut le voir aujourd'hui comme on visite les temples de l'Antiquité, et imaginer à partir des bases de colonnades tronquées, l'harmonie qu'ont pu avoir les édifices dédiés à la beauté et à la gloire des dieux. Curro Vasquez, lorsqu'il torée, a la magie des ruines classiques. Il faut du sentiment pour pouvoir pleinement l'apprécier.

Enrique Ponce, le même jour, a coupé trois oreilles. Il attendait ce triomphe madrilène, si bien venu après la douleur de sa cornada sévillane. Que dire de lui, sinon qu'il sait faire mieux que nul autre des faenas sans failles. Ses textes sont bien écrits, et bien dits. Mais je suis personnellement plus sensible aux expressions chaotiques. Ce torero est un grand technocrate ; je préfère les poètes.

C'est deux jours après que je suis allé à Tolède, où, après avoir lentement promené ma mémoire dans les rues étroites et pavées, entre la cathédrale, la maison du Greco et la synagogue du Transit, je me suis rendu aux arènes. Tomas et Ponce y avaient quelques comptes à régler. Au deuxième toro, Jose Tomas fut sublime. Semblant extrait d'un tableau du Greco, dont l'atelier était si proche, il s'est posé au centre de la piste pour y enchaîner naturelles et passes de poitrine soufflées par de souples et quasi imperceptibles mouvements de ceinture et de poignet. Pas un regard pour ses fidèles, et toujours cet étrange sourire dont il est évident qu'il est l'unique destinataire. Comme beaucoup d'artistes, sa création tient de l'onanisme. C'est dans sa solitude qu'il va puiser le plaisir. Comme les toreros, il s'engage ; comme les artistes, il se dégage.

Enrique Ponce, après lui, se surpasse à son tour. C'est d'autres ébats qu'il nous propose. L'objectif de sa séduction n'a pas de déviance : il veut l'approbation du public. La reconnaissance de son talent à vaincre avec élégance les toros est son unique recherche. Il le fait très bien, c'est incontestablement un maestro. Maître, mais d'école. Son discours impose l'approbation, mais n'entraîne pas nécessairement la passion. Sa tauromachie est parfaitement exécutée. Il a de la distinction certes, et une parfaite technique, mais ne lui manque-t-il pas un peu de génie ? Tomas est dans la mystique, Ponce dans la mécanique. Il sait régler son moteur et gagne tous les grands prix. Plus de cent corridas par an, et 80 % de triomphes. Admirable du point de vue de la compétition, mais ma nature m'attire davantage vers les artistes maudits.

Aujourd'hui, Jose Tomas a réalisé dans les arènes de Madrid l'une de ses plus importantes faenas. Un toro aux cornes extrêmement dangereuses s'obstinait à le regarder entre chaque passe. Tomas sans sourciller lui imposait alors un léger mouvement de muleta. La bête avait le choix entre l'étoffe et l'homme. Son instinct lui indiquait que c'était bien l'homme qu'il s'agissait d'attraper. Tomas a insisté en prenant un risque total, et a fini par convaincre l'animal que c'était dans les plis de la muleta que se trouvait la vie. Que c'était elle qu'il lui fallait atteindre. Le toro se mit alors à allonger le cou pour encorner le leurre. Les passes enfin s'allongèrent. Le toro définitivement se rendit. Rarement dans l'histoire de la tauromachie, les toros ont rencontré un tel amant. Être mis à mort par Jose Tomas, quel luxe!...

Entre temps, le lundi 26 mai, un cheval de picador a reçu une cornada dans le cou. Sur le sable, après qu'on l'a relevé, il y avait une petite tache de sang. Un monosabio a posé pudiquement sa casquette sur la blessure. J'ai lu dans la presse que le cheval n'a pas survécu. Il est mort en coulisse. Un accident du travail. Le public a chaudement applaudi sur son passage dans la contre-piste.

Ça devait arriver: après une série de prestations époustouflantes, Jose Tomas s'est sérieusement fait accrocher le 30 mai à Grenade. En tauromachie, on ne se livre pas comme il le fait sans courir le risque permanent de l'accident. Là est la singularité de Jose Tomas : il ne module pas sa prise de risque ; il a envie ou pas, et se situe dans l'absolu qui, en l'occurrence, est l'absolu don de lui. Depuis une dizaine de jours, chacune de ses prestations s'est soldée par de retentissants triomphes : deux corridas magistrales à Madrid, une faena superbe à Tolède… Puis Grenade. C'est l'hôpital de cette cité qui l'a accueilli. La ville de l'Alhambra, où les Maures s'étaient établis avant d'en être chassés en 1492 par les Rois Catholiques, et dont les jardins aux mille jets d'eau sont magnifiques. Dante aimait y écrire.

Jose Tomas a rassemblé à nouveau ses fidèles. Pèlerins, ils le suivent de ville en ville. Peu importe lorsqu'il torée, montera calée sur la ligne des sourcils et cape tenue du bout des doigts, les agréables rondeurs du corsage de notre voisine, les genoux du monsieur assis derrière nous qui nous labourent le dos, les commentaires approximatifs du pseudo aficionado qui pontifie à notre gauche, ou les effluves plus ou moins agréables du cigare de l'homme assis devant nous… Jose Tomas va chercher le toro ; ses pas ne pèsent pas. S'il est vrai qu'un jour un être a marché sur l'eau, c'est à cette allure qu'il a dû le faire. Il ne crie pas pour citer l'animal. Il agit subtilement sur l'étoffe de sa cape. Le toro sur lui se fixe. On sent que la bête rassemble ses muscles, et que dans un même instant ceux de Jose s'abandonnent. Magique. Le toro passe et repasse, Tomas jamais ne recule. Il se dégage enfin par une demi-véronique serrée, une passe de poitrine majestueuse ou une monumentale trinchera, et s'éloigne du toro avec un imperceptible sourire, marque de l'étonnante jouissance qu'il vient d'éprouver. Qui est-il ? Où va-t-il, d'où vient-il ? Il est ailleurs, et semble toréer depuis une autre galaxie. La caractéristique la plus commune à tous les hommes n'est-elle pas la peur ? L'instinct de conservation est ce qui définit le plus les humains, et le plus souvent les rassemble. Et bien voilà : Jose Tomas ne se protège pas !

Il faut l'avoir vu dans une infirmerie après une blessure. Avant de se laisser toucher par l'assistance médicale, il fait le plus souvent un brin de toilette. Il ne regarde pas sa blessure. Il tient à se déshabiller lui-même, et semble redouter qu'on l'approche. Craint-il que son corps ne soit souillé par la main de l'autre ?

Je n'ai jamais réellement osé lui parler. « Comment vas-tu Jose ? » est le maximum que j'ai pu lui dire. En général, il répond par un regard sans définition concrète, comme si cette question n'avait pour lui aucun sens. Je crois que Jose Tomas est le torero le plus impressionnant qu'il m'ait été donné de voir. Et j'ai dû assister à quelque cinq mille corridas. Certaines photos de Manolete me produisent le même effet. Mais Manolete est mort quatre jours avant ma naissance…

Aujourd'hui il y avait une novillada à Madrid. Tejela et Ivan Garcia ont coupé des oreilles. Ces novilleros sont à suivre. Ivan est de ceux qui se fabriquent peu à peu – comme Espartaco ou Paquirri – et finissent par devenir des toreros puissants et dotés d'une capacité de communication avec le public. Peu d'aficionados savent juger des potentialités des jeunes novilleros. Les plus adroits ne sont généralement pas les meilleurs à long terme. L'errance fait aussi partie de l'apprentissage ; la personnalité d'un torero se construit à petites touches. Il faut laisser du temps au talent.

Le 31 mai, les Bleus ont été battus par l'équipe du Sénégal. La tauromachie véhicule des valeurs fondamentales. Le foot n'entraîne-t-il pas le monde vers une mondialisation du non-sens ? Les peuples y investissent leur orgueil plus que leur identité. La géopolitique se réduit à une espèce de partie de billard électrique. Il semble que les responsables politiques du monde entier se mobilisent autour de ce rituel qui n'est au fond qu'une énorme histoire de fric. Lorsque l'équipe de France a été championne du monde, on nous a expliqué que notre doux pays avait retrouvé sa cohésion et son unité : la France black-blanc-beur… Quatre ans plus tard, le FN fait un tabac au mondial de la connerie ! J'aimerais voir Luc Ferry en demi d'ouverture et Jean-Jacques Aillagon en gardien de but. Zizou c'est bien, mais la culture et l'éducation c'est mieux.

Il porte un costume de lumière blanc. C'est cette couleur que choisissent généralement les toreros pour leur corrida d'alternative. Ils s'habillent de blanc, comme les communiantes et les mariées. Assise à une barrera, sa femme aussi porte un tailleur blanc. Elle est allée ce jour-là aux arènes ; c'est bien à cette corrida qu'elle rêvait d'assister. La dernière. Son ultime prestation. Ne va-t-elle pas enfin pouvoir totalement récupérer cet être étrange avec lequel elle a eu cinq enfants ? Eux aussi sont là, habillés comme pour une noce. Il s'agit bien d'une cérémonie familiale : après plusieurs dizaines d'années d'existence égocentrique, il a décidé d'en terminer, d'arrêter sa carrière, et de retourner vers les siens. Sa famille, fondée en parallèle à sa vie publique et qu'il a toujours protégée, malgré ses audacieuses turbulences. Cet orphelin mythique, dont toute l'existence fut marquée par l'emblématique slogan *Ou tu porteras mon deuil*, les a tous rassemblés ce 1er juin dans « son » arène, dans le lieu même de son identité et de sa notoriété : Cordoue. La cité des brassages ethniques par excellence. Sa vie ne semble-t-elle pas calquée sur la merveilleuse extravagance de l'imposante cathédrale cordouane, où l'on traverse dans l'ombre trois civilisations inspirées par la célébration du même dieu ? Somme inouïe de signes de déchirements et de souffrances. Fleuve de passions délétères. La célébration de la vie s'organise dans les cérémonies religieuses autour des rituels de la mort. Comme dans les arènes. C'est pour cela que les toreros sont si près de Dieu, et que leurs prestations tiennent des comportements liturgiques.

Et puis il y a le toro. Il a pour fondamental instinct celui de tuer. Exceptionnel animal qui se bat sans raison objective. Lui n'a besoin ni d'avoir faim, ni de séduire, ni de croyances, pour s'engager dans une lutte à mort. Dans son habitat naturel, immenses territoires quasiment sans limite, les mâles se cherchent, se mesurent et finissent par se battre de façon incessante dès l'âge adulte. S'ils n'étaient pas destinés à finir dans l'arène, de toutes façons, ils agoniseraient sur l'herbe de leurs pâturages. Le toro ne supporte plus la vie au-delà d'un certain âge. Peut-être est-ce pour cela aussi que la plupart des civilisations ont donné à cette créature une dimension divine. Comme les césars et les sultans qui dans leurs palais étaient à la merci d'un poignard dans le dos, le toro chef de troupeau est condamné à ne pas survivre à sa position dominante. Les autres mâles nourrissent chaque nuit leur instinct de tueur. Tôt ou tard arrivera l'aube où, sous les coups de cornes de quelques insurgés, le chef périra, les flancs déchirés, sanguinolent de toute part, accompagnant son dernier souffle d'un mugissement terrifiant.

Les hommes, au contraire, aiment se faire croire qu'ils ont pour mission la recherche de méthodes à même de structurer une vie collective. Vivre ensemble, partager croyances et besoins, donner en commun du sens au destin, c'est cette culture qui les caractérise. C'est pour sacraliser ces principes que toutes les civilisations ont ressenti la nécessité de ritualiser la mort, aimant à se faire croire qu'il s'agit d'un début et non d'une fin. Tuer, c'est affirmer qu'il faut vivre et que l'on ne peut pas être vivant tout seul. Chaque fois qu'une société fait couler le sang, c'est pour magnifier cette idée.



Lui, donc, a toujours offert son corps. Sa vie. Toréer lui a toujours semblé futile. Là n'était pas l'essentiel. C'est pour cela qu'il y avait de la dérision dans ses exhibitions. « Regardez, je sais le faire », nous disait-il : il captait alors superbement la charge du toro qu'il canalisait avec souplesse pour la conduire dans l'harmonie grâce à son jeu de ceinture, jusqu'à la limite de la longueur du bras, et la libérer par une ouverture du poignet d'une qualité unique. Et cela pouvait recommencer cent fois. Jusqu'à donner l'impression que les masses corporelles de l'animal et de l'homme étaient fondues dans un même moule. Cette démonstration réalisée, pris d'une folle hystérie, d'un seul coup il cassait sa sculpture. Les gestes devenaient incohérents, saccadés et secs, il nous livrait alors sa part de surréalisme et exécutait des sauts que certains ont identifiés à ceux de la grenouille. Là se situe son génie : être en osmose avec les émotions de son temps, c'est pour cela que l'on dit de certains toreros qu'ils sont « d'époque ». L'allure et l'expression de Manolete ont l'absolue signifiance des années trente. En regardant quelques photos « du monstre », on ressent l'ambiance et l'éthique de son temps. L'artiste ne crée pas le sens, il l'habille.

Il porte un costume de lumière blanc. Pour la dernière fois, il a convoqué le public à une mise à mort. Celle de l'homme. C'est bien cela qui l'a toujours fait éclater de rire : les gens croyaient qu'il s'agissait de la mise à mort du toro, celle qui est annoncée sur les affiches, lui savait que c'était sa propre mise à mort qu'il avait la volonté de produire. Diogène a vécu dans un tonneau,

El Cordobes dans un éclat de rire… Transgressif à outrance, il a constamment inventé de nouvelles dimensions à l'art tauromachique.

À la dernière seconde, il a abandonné sa muleta et l'a jetée au sol. Acte superbe, et juste ! Sans aucune protection, il s'est jeté sur le toro pour enfoncer son épée. Il lui a coupé la queue. Analyse terminée. C'est encore le toro qui est mort.

Cesar Jimenez n'a pas toréé depuis la feria de Nîmes, où il a triomphé en coupant six oreilles en deux corridas, en même temps qu'il a démontré sa capacité à viser le sommet de la pyramide des valeurs taurines. Aujourd'hui, à Vinaroz, il participait à la troisième corrida de sa jeune carrière après un remarquable début de temporada qui lui a permis, en tant que novillero, d'imposer son cartel dans la plupart des arènes de première catégorie : Madrid, Séville, Valencia, San Sebastian, Castellon, Barcelone, Zaragoza… À Vinaroz, il a coupé deux oreilles et enthousiasmé le public. C'est clair, Cesar possède tous les moyens de devenir une grande vedette, et c'est cela qui dérange certains matadors confortablement installés sur le marché dont ils se partagent les plus-values. Les élus sont rares, et on peut comprendre que lorsqu'un torero a l'opportunité de devenir tête d'affiche il essaie de conserver le commandement du classement. Pour passer le cap qui permet d'accéder au groupe réduit des vedettes, deux conditions au moins doivent être remplies : un talent remarquable pour le torero, composé de courage, de personnalité et de technique, et un savoir-faire commercial et stratégique de la part de ses managers. Le rôle de l'apoderado est essentiel : les talents se gâchent rapidement s'ils sont mal gérés. Il s'agit d'une partie d'échecs : gagner des cases et de la mobilité par rapport à la concurrence. Il faut sélectionner les prestations : se produire sans discernement altèrerait rapidement l'image de marque du matador. Il y a donc lieu d'utiliser la patience tactique qui doit permettre de l'annoncer en valorisant son nom – sa marque – auprès du public, de la presse et des organisateurs. Pour cela, il faut que le torero soit programmé dès le début de sa carrière avec des vedettes dans des ferias importantes où il faudra triompher. Alors s'ouvriront les portes du succès. Depuis quelques semaines, Cesar était au chômage technique… Cependant, nous œuvrions simultanément à la planification d'une série de corridas prestigieuses : le 14 juillet à Barcelone aux côtés d'Enrique Ponce et du Juli, le 23 une corrida retransmise en direct à la télévision depuis Santander, le 26 à la feria de Valencia avec Ponce et Jose Tomas, le 12 août à San Sebastian à nouveau avec ces mêmes vedettes… Entre temps, quelques courses dans des arènes de moindre importance pour qu'il continue son rodage.

Et puis il y a la chance. On ne dira jamais assez qu'elle est un facteur majeur pour la réussite des spectacles tauromachiques. Le malheur des uns fait, comme toujours, le bonheur des autres. Ces derniers jours, outre Joselito mis hors jeu à cause de sa blessure nîmoise, Jose Tomas a été à nouveau blessé à Badajoz juste après son accident de Grenade. Aujourd'hui, c'est Enrique Ponce qui a été grièvement atteint à León. Côtes fracturées avec perforation d'un poumon. Trois des quatre principales vedettes sont hors circuit, ce qui laisse une marge de manœuvre pour leurs challengers, tels que Cesar Jimenez, qui peut prendre des substitutions dans d'importantes ferias, et ce avec de bons élevages, ce qui est primordial. Être annoncé en lieu et place d'une star donne à celui qui bénéficie d'une telle aubaine un statut de star… Telle est la règle de trois du triomphe : talent, stratégie et chance.

Cesar Jimenez savoure un gâteau au chocolat – il prend toujours un dessert au chocolat – au restaurant où nous dînons à Vinaroz après la corrida. Il a 18 ans, c'est presque un enfant. Les toreros sont des êtres étranges ; des gamins dotés d'une maturité que peu d'adultes possèdent. La tauromachie est une université exceptionnelle, on y apprend vite l'essentiel de l'existence. Pendant que Cesar mange son gâteau, avec Enrique Paton et Antonio Vasquez, nous passons des coups de fil incessants pour obtenir les fameux remplacements.

D'autres apoderados font au même moment la même chose pour promouvoir leurs toreros... Cesar sourit en suivant attentivement notre jeu et nos commentaires. Je l'observe en me demandant quel peut être le sens de son discret sourire. Exprime-t-il sa satisfaction de gagner des parts de marché grâce à la malchance des toreros blessés ? Ou pense-t-il que tôt ou tard il sera à son tour alité et perfusé pendant que d'autres imprésarios téléphoneront pour prendre sa place ? Ce double sens est contenu dans son sourire. Pour les toreros, la blessure est toujours annoncée ; ils apprennent à vivre avec cette incontournable fatalité. Ceux qui ont une réelle ambition ne la craignent pas. La pire des blessures c'est l'échec. Cesar sourit parce qu'il sait que les contrats qu'il va gagner sont eux aussi porteurs de potentielles blessures. Les siennes. Il toréera à Burgos à la place d'Enrique Ponce, et à Teruel en remplacement de Jose Tomas. D'autres substitutions seront bientôt conclues. Ces corridas, ajoutées à celles qui étaient déjà programmées, vont lui permettre de s'affirmer. Ensuite, il s'agira pour lui aussi d'exercer son potentiel.



La corrida la plus dure a souvent lieu en dehors des arènes, et la plus dangereuse peut être celle à laquelle on ne participe pas.

*Dieu que le monde est grand à la clarté des lampes, aux yeux du souvenir, que le monde est petit,* écrivait Baudelaire. Cette vision poétique des valeurs et des distances peut s'appliquer à la tauromachie. J'assiste à des corridas depuis une quarantaine d'années : quel est l'essentiel de mes souvenirs ? Quels toreros habitent ma mémoire ?

Dans un ordre chronologique, c'est d'abord à Antonio Ordonez et Luis Miguel Dominguin à qui je pense. Le premier est sans doute le maestro de synthèse par excellence : esthétique, profondeur, technique, engagement. Le second a su harmoniser ses prestations dans l'arène et celles de sa vie quotidienne. Homme et torero de grande personnalité, il entretenait avec le public une relation intense et a su pratiquer l'art de communiquer. C'était les années cinquante, et j'étais trop jeune aficionado pour pouvoir analyser avec justesse ces deux grands toreros.

Au cours des années soixante surgirent une série de matadors de grande dimension : Paco Camino, Diego Puerta, El Viti et l'incontournable El Cordobes. De ces maîtres, El Viti, dont la discrète vie publique a quelque peu gommé l'impact de ses énormes qualités, doit être retenu comme l'artiste le plus complet. Doté d'une personnalité qui lui conférait une allure sacerdotale, il maniait la muleta avec un style très spécifique et une maîtrise technique qui peut être une référence historique. Juste et précis dans toutes ses faenas, il enveloppait la charge des toros avec domination et temple. Un torero sans faute, un von Karajan de l'arène. Camino et Puerta, tous deux Sévillans, avaient des styles plus fleuris mais différents. Le premier était un prix d'excellence qui récitait les passes de base – véroniques, naturelles, derechazos et pechos – avec amplitude, enchaînement et harmonie. Le second, peu aidé par un physique disgracieux, avait une rage de toréer que l'on appelle « la caste ». Son courage, mis en évidence par de très nombreuses cornadas, servait parfaitement ses compositions électriques. Avec lui le courant passait sans cesse, et plus que tout autre il pouvait forcer le olé sec qui sort des gorges du public quand le geste du torero impose l'émotion. La tauromachie sévillane est musicale :

Camino se situait du côté symphonique, Puerta était plus proche du flamenco-jazz. Mais tous deux possédaient un tempo d'exception.

El Cordobes, en parallèle aux prestations de tous ces toreros, exécutait sa tauromachie comme les araignées développent leurs toiles : par une impénétrable alchimie de l'occupation de l'espace. Et au bout du compte, grâce à sa folie créatrice, El Cordobes a pris tous les autres matadors dans la toile qu'il avait tissée. Devenus moucherons, les plus grands toreros se sont fait attraper et, inhibés, ont finalement dû s'incliner devant le révolutionnaire. Inimaginable El Cordobes. Ce torero à aucun autre ne doit donc être comparé. Ce serait injuste pour l'un comme pour l'autre. Les talents ne s'annulent pas entre eux : ils se complètent.

Un torero trop vite oublié existait aussi, et était peut-être à cette époque le plus complet dans la synthèse entre la domination des bêtes, une personnalité étrange et une maîtrise de toutes les phases de la lidia : Miguel Mateo Miguelin. C'était un as. Je l'ai vu couper six oreilles à Madrid, dans un mano a mano improvisé, avec deux pétitions de queue unanimes. Jamais je n'ai assisté à une prestation aussi complète : parfait de la première passe de cape jusqu'à la dernière estocade, en passant par neuf paires de banderilles. Miguelin est ce que Modigliani pourrait être à l'histoire de la peinture : moins présent que d'autres artistes dans les mémoires, plus absent des musées, mais effroyablement génial.

À la fin des années soixante, une page stylistique est tournée. El Cordobes a fait son œuvre, ses élèves ont pris la relève. Parmi eux un très grand torero, lui aussi souvent oublié dans le panthéon des gloires des arènes : Damaso Gonzalez. De tous les toreros que j'ai connus il fut, et est encore, l'homme le plus généreux. Et cette caractéristique était également le fondement de son œuvre tauromachique. Pénétrant avec une impressionnante apparence d'humilité des terrains jugés infranchissables, au plus près des cornes, il avançait
sa muleta « repassée » et tirait l'animal loin, très loin derrière lui, avec un temple exquis. Damaso « inventait » les toros comme d'autres construisent des édifices. C'était un grand architecte, plus proche du Corbusier que de Gaudí, discret, mais tellement efficace ! Gaudí, c'est Rafael de Paula, qui faisait apparaître des volutes imprévisibles, colorées et magiques dans sa mouvance. Il y avait aussi du Satie dans sa musica calladas. Génial Rafael de Paula qui commandita, un jour de jalousie gitane, l'agression de l'amant de sa femme. Sorti de la prison de Jerez, où il fut impossible de

l'enfermer trop longtemps – telle était la solidarité du peuple – il marchait dans les ruelles de sa cité la nuit, grimé et déguisé, pour aller dire à celle qui fut la cause de ses tourments combien il l'aimait. De Paula est une œuvre complète. Il est de ces rares artistes dont il est impossible de distinguer la part du réel et de l'imaginaire, tant la confusion entre l'individu et sa création est absolue. Torero maudit, il y a du Rimbaud chez lui. Curro Romero, lui, n'a jamais eu de défaillance : qu'il soit parfait ou absent, il a toujours occupé l'espace comme une sculpture classique. Semblant avoir été produit par Canova ou Bernin, il ne fut comparable à nul autre. Certaines de ses véroniques ponctuées de demies, nombre de ses trincheras ou kikiriki, sont passés à l'histoire de l'esthétique taurine. Curro, c'est Velasquez qui annonçait Goya. Il se positionne dans l'histoire taurine comme le peintre des *Ménines*. Où ? cherchez l'erreur…

Et puisque je cite ce prénom, Curro, comment oublier Curro Vasquez : torero de second plan certes, à cause de ses nombreux accidents en début de carrière, il fut, c'est clair, un des interprètes les plus profonds de l'art tauromachique. C'est lui que j'ai vu toréer le plus parfaitement à la cape. Son répertoire était étroit, mais est-il besoin d'avoir beaucoup de vocabulaire si l'on sait faire chanter les passes ? Il y a un autre Curro qui ne put atteindre la notoriété qui classe les artistes dans l'histoire. Je le cite cependant car – et je ne suis pas le seul professionnel à partager cette opinion – je considère qu'il a atteint la perfection de la décontraction du corps en de très rares occasions. Peut-être est-ce lui que j'ai vu le plus parfaitement toréer les mains basses… C'est un gitan arlésien. Il s'appelle Curro Caro. Né ailleurs, peut-être eût-il été consacré au même rang que les plus grands artistes…

Chanter les passes… Comment ne pas mentionner, après ces toreros de sentiment, un des plus grands ténors de la naturelle : Antonio Chenel Antoñete.

Puis vinrent les années quatre-vingts. Paco Ojeda en fut le maître. Torero se situant à la croisée des chemins d'Ordonez et de Damaso Gonzalez, il fut à la corrida ce que l'Arc de triomphe est aux Champs-Élysées : un monument au bout d'une longue et harmonieuse ligne droite. Lui, c'est Haussmann qui l'a fabriqué. Il a fallu attendre Jose Tomas pour que la tauromachie retrouve un torero de dimension historique. Mais Tomas n'est pas un souvenir. Il va encore créer.



Un autre grand artiste s'est exprimé pendant

presque trente ans : Jose Mari Manzanares que ses compagnons appellent « le torero des toreros ». C'est dire à quel point il fut l'objet de l'admiration des professionnels. Avec plus de constance, et moins de dispersion, il eût peut-être été le plus grand de tous. L'homme de sa vie fut le chanteur de flamenco Camaron de la Isla. La tauromachie de Manzanares tenait donc du « chant profond », et d'une âme profondément instable…

Le voyage de ces jours derniers a été accidenté, long et plein d'imprévus. Enrique Ponce a été gravement blessé à León, ce qui a modifié les programmes des ferias de la semaine, et permis d'opportunes substitutions pour les challengers des vedettes. À Badajoz, El Juli a dû subir la concurrence agressive d'Antonio Ferrera qui a coupé quatre oreilles. Le lendemain, à Algeciras, c'est El Fandi qui a donné mal à la tête au numéro un en coupant trois oreilles. Les jeunes loups ont faim… Ponce, Joselito et Jose Tomas sont blessés, les imprésarios font appel à la nouvelle génération pour les remplacer. Plus motivés que d'autres toreros déjà installés, comme Finito, Morante ou Caballero, les nouveaux venus forcent le triomphe et animent les corridas. C'est pour cela qu'il est bon d'ouvrir aux jeunes talents les carteles des ferias.

Pour Cesar Jimenez, nous avions obtenu la place de Ponce à Burgos le vendredi 28 juin. Cette feria est importante parce qu'elle permet la pénétration du marché du nord de l'Espagne. Le jeudi 27 juin, j'ai pris à Marseille l'avion pour l'aéroport de Madrid où nous sommes convenus de nous retrouver avec Enrique Paton, Antonio Vasquez et Cesar Jimenez pour partir ensemble jusqu'à Burgos. Nous roulons vers la ville du Cid quand, vers vingt-trois heures, un appel de la réceptionniste de l'hôtel Puerta de Burgos nous alerte :

— Êtes-vous certain que Cesar Jimenez torée demain, nous demande Sonia. Luguillano me réclame vos chambres. Il prétend qu'il est le remplaçant de Ponce…

— Ce n'est pas possible, protestons-nous comme si Sonia avait une responsabilité dans cet imprévu. C'est Cesar qui torée, cela nous a été confirmé ce matin.

— Vérifiez et rappelez-moi, commente-t-elle laconiquement.



Nous nous arrêtons sur la première aire de repos au bord de la route. Descendu de voiture, Cesar pleure.

— J'en ai marre, grogne-t-il, je vais brûler mes costumes de lumière…

— Tranquillise-toi, lui dit Enrique, il doit y avoir une solution. Ce contrat nous était garanti…

Aucun argument ne calme Cesar. Il craque.

Nous passons des coups de fil pour tenter d'élucider le problème. Jose Felix Gonzalez, le directeur des arènes, s'excuse en nous expliquant qu'il n'est pour rien dans ce contre-temps.

— C'est l'élu délégué à la tauromachie qui est responsable. Il a une relation privilégiée avec Luguillano, et a voulu imposer son torero. Appelez la mairie de Burgos si vous voulez. Pour ma part, je suis prêt à annoncer Cesar samedi pour une autre substitution.

Sur l'aire de repos, en un rien de temps, un véritable vaudeville s'est mis en place. Nous nous sommes vite rendu compte que quelques camionneurs y avaient leurs habitudes. Trois prostituées occupent ce territoire. Inconsciente de cet environnement, une famille, père, mère et trois enfants, a sorti une table de camping de sa caravane. Notre arrivée les a troublés. Nous gesticulons chacun de notre côté en hurlant au téléphone. Cesar continue à pleurer et, vu de loin, j'imagine ce que cet attroupement peut avoir de surprenant. Les choses se gâtent lorsque l'une des putes vient nous insulter, nous reprochant de nous en prendre à un si jeune adolescent. Tout ce tintamarre alerte les autres professionnelles qui se livrent à leurs habituelles fellations dans les cabines aux rideaux tirés des camions. Cette étrange manifestation d'apoderados, de putains et de camionneurs autour d'un jeune homme larmoyant, a effrayé le père de famille qui ordonne de lever immédiatement le camp alors que sa femme assaisonne la salade. Partagé entre l'envie d'éclater de rire et l'inquiétude de notre investigation, nous parvenons finalement à joindre l'élu responsable de notre déchéance. À l'écoute de nos plaidoiries, il accepte que Jimenez torée à Burgos le surlendemain. Cesar s'arrête alors de pleurer et nous embrasse, ému par notre persévérance et notre pouvoir de conviction. Lola, l'une des putes avec qui Antonio a eu le temps de sympathiser et qui se dit aficionada, nous embrasse aussi, au désespoir de son camionneur qu'elle a momentanément délaissé. Ébahi, le père de famille observe cette scène. Poliment, nous le saluons avant de remonter en voiture.

La corrida du vendredi à Burgos est d'une faiblesse affligeante. Avec de tels toros, le triomphe est impossible. Cesar n'a donc rien perdu. Le samedi notre torero fait le paseo aux côtés de Paco Ojeda et Juan Mora. Le premier toro accroche Ojeda et le blesse sous le bras. Encore un de moins… Ce mois de juin s'avère terrible. Les matadors tombent les uns après les autres. Durant la semaine, le pire a failli arriver à Enrique Ponce. Le pire, c'est-à-dire la fin. Cesar s'est fait prendre trois fois par son premier adversaire. Un toro très dangereux, totalement impossible à gauche. Cesar cependant, s'est obstiné à le faire passer sur cette corne. « Pour démontrer que j'ai des couilles », nous expliquera-t-il après la corrida alors que nous lui reprochons son insistance inconsciente. Sa motivation est totale et on ne doit pas reprocher à un torero de prendre des risques. Là réside la condition de la réussite : installer son ambition au-delà de la raison. À son second, il est superbe et coupe deux oreilles, utilisant tous les recours de son répertoire si étendu. Dix oreilles en quatre corridas. Les chiffres parlent, Cesar Jimenez marche à grands pas vers les sommets du classement des valeurs taurines.

Pendant qu'il torée, une nouvelle circule dans le callejon : Rivera Ordonez vient de se faire blesser à Algeciras. Je me mets à la recherche de l'organisateur. Il se trouve auprès de Paco Ojeda, encore sous anesthésie à l'infirmerie.

— Tu entends les ovations, lui dis-je, Cesar est en train de faire un lio. Rivera vient de se faire blesser, et demain tu l'as à Teruel. Si Cesar coupe une oreille, tu dois me donner la substitution.

Me regardant comme un sultan ayant le pouvoir d'agir sur les destins, il me répond :

— D'accord, s'il coupe une oreille il ira demain à Teruel.

— Et s'il en coupe deux, tu devras me donner aussi Tarragona dimanche prochain.

Le sultan évalue le degré de ma passion :

— D'accord aussi. Mais il doit couper deux oreilles.

Je repars en courant vers la contre-piste. Le public est debout, Cesar joue avec le toro comme d'autres adolescents jouent avec un toutou. Lorsqu'il s'approche de la barrière pour prendre l'épée, je lui crie :

— Si tu coupes deux oreilles, on prend deux substitutions.

Cesar me regarde avec fermeté, et déclare sans hésitation :

— Je vais les couper.

Il s'approche du toro, le cadre, lève l'épée, et se jette sur l'animal en criant : « Pour les substitutions ! » Le toro titube et tombe. Des milliers de mouchoirs s'agitent sur les gradins. Les contrats doivent se gagner jour après jour, et il le sait.

Enfin sort le dernier toro, celui que Paco Ojeda aurait dû combattre et qui revient maintenant à Juan Mora. Torero élégant et expérimenté, il se livre pour réaliser une faena profonde. Lui aussi s'engage au moment de l'estocade. Ce qui se passe est alors effroyable. Le toro l'attrape sèchement. On voit nettement la corne entrer dans sa cuisse droite. Évanoui, Juan git au sol les bras en croix. De sa cuisse jaillit un filet de sang. Dans de tels cas, le pire est à craindre. De surcroît, cette blessure se situe dans la même zone que le très grave coup de corne que Mora a subi en octobre dernier à Jaen.

Sa fémorale avait été déchirée sur plusieurs centimètres. Une blessure au même endroit peut avoir de dramatiques conséquences. Grâce à Dieu, comme disent les toreros, il est immédiatement pris en main, l'hémorragie est courte, et la situation médicale contrôlée.

À la fin de la corrida, Cesar refuse de se laisser porter en triomphe. Avec dignité, il sort des arènes en marchant. Des trois toreros, il est le seul à avoir encore des jambes.

Tôt ce matin nous sommes à Teruel où nous devons toréer avec Davila Miura et Antonio Ferrera. Au sorteo les professionnels expriment leur inquiétude : tant de toreros ont été blessés en si peu de jours ! Cesar sait que ces accidents représentent des contrats potentiels. Mais l'addition commence à être lourde, et les toreros ont le sentiment qu'un mauvais sort pèse subitement sur leurs têtes. À qui le tour ?... Les cuadrillas en été tournent de ville en ville, et chaque jour apporte de nouveaux imprévus qui façonnent le profil de la saison. Triomphes des uns, échecs ou blessures des autres. Ce métier n'est pas un métier : c'est un chemin de croix, fait de gloire, de souffrance et de foi.

Dimanche 7 juillet: Pampelune. Comme cela se produit dans la plupart des arènes où l'on apprécie les grands toros, à Pampelune l'ensemble des spectateurs ne possède pas pour autant de grandes connaissances. De fait, cette relation de cause à effet est assez généralisée. Aimer les toros pour leur apparence physique davantage que pour leur comportement est le symptôme d'une déviance. L'aficionado, s'il est normal, doit d'abord évaluer le type zootechnique de l'animal en fonction de sa lignée. Ensuite, dans l'arène, c'est la caste, la bravoure, et donc une certaine noblesse, qui doivent être recherchées pour permettre l'exécution d'une tauromachie à finalité esthétique, plutôt que fondée sur les effets faciles ou dramatiques. À Pampelune, et dans d'autres arènes où la tendance consiste pour le spectateur à s'auto-contempler dans le miroir du minotaure, le public passe souvent à coté d'une analyse correcte. Évaluant mal les potentialités de l'animal, il se montre incapable de juger rationnellement la prestation des toreros. Il y a des spectateurs qui ne vont aux arènes que pour y faire la fête, mais ce qui relève du ludique ne doit pas exclure le respect. Cependant, au moment de se manifester pour l'attribution des trophées, c'est la plus totale incohérence qui règne, jusqu'à la présidence où les juges sont souvent guignolesques. Pour les estocades, peu importe l'exécution, ce qui compte c'est que le toro tombe vite. Ces symptômes étant, on le sait, le signe d'une pathologie tauromachique bien connue : l'ignorance.

Cela mis à part, la feria de Pampelune est une fête extraordinaire dont personne n'est exclu, et où le peuple démontre une rare capacité de créativité et de convivialité. Je me souviens que, dans les années soixante, les groupes musicaux savaient utiliser les étroites ruelles de cette cité qui échappait durant quelques jours aux rigueurs de la vigilance franquiste. « Libertad, libertad… » scandaient les bandas : un air frais soufflait soudain dans un petit coin d'une Espagne prise dans le corset du fascisme. Impuissante à agir dans de telles conditions, la police devait feindre d'ignorer les slogans et les chants qui n'étaient pas particulièrement à la gloire du gouvernement. Une année cependant, des coups de feu furent tirés dans l'arène. Ils émanaient des forces de l'ordre et il y eut un mort. Je ne m'en rappelle plus les circonstances exactes, mais ce fut la seule fois où les peñas restèrent sans voix ni musique.

Pardonnée donc l'ignorance ambiante des arènes de Pampelune. Il y a des qualités et compétences majeures par rapport à la connaissance taurine. Je préfère un piètre aficionado agréable à fréquenter qui parfois me fait rire, à un redoutable expert humainement insupportable. La corrida doit se vivre comme une fête. Je ne serai jamais du côté des inquisiteurs.

Comme pour la feria de Séville, c'est en autostop que je suis venu découvrir les fêtes de Pampelune pour la première fois. Parti de Madrid sans une seule peseta, je m'étais arrêté, épuisé et affamé, à Burgos, où j'avais choisi la cathédrale pour refuge. Je me souviens avoir vidé les boîtes d'hosties de la sacristie et les avoir dévorées comme des biscuits. En overdose de cette nourriture sacrée, je repris mon chemin vers la Navarre. Parvenu à Pampelune en fin de matinée, je dus me mettre en quête d'une possibilité d'accéder aux arènes. Cesar Giron, le grand torero vénézuelien, figurait ce jour-là à l'affiche. Je le connaissais parce que mon premier apoderado était un membre de sa cuadrilla. Cesar passait de surcroît une partie de l'hiver en France, au domaine de Méjanes en Camargue, car il avait épousé une fille de Paul Ricard. Sa vie fut extraordinaire et sa fin tragique. Aventurier échappé d'une banlieue de Maracay, aussitôt arrivé en Espagne il exerça d'abord l'activité de cireur de chaussures. Rapidement, il sut faire remarquer ses qualités tauromachiques et parvint à devenir une importante vedette. Il y a des hommes dont on dit que leur vie est un destin : il était de ceux-là.

Timidement, je me rendis à l'hôtel où Cesar Giron devait s'habiller de lumière pour se rendre aux arènes. Après avoir longuement hésité, j'osai demander sa chambre depuis le standard de la réception :

— Excusez-moi de vous déranger maestro, mais je suis à Pampelune et n'ai ni place de corrida ni argent pour en acheter une…

— Monte me rejoindre, me répondit le matador.

Je fus surpris par cette proposition : pourquoi un grand torero me demandait-il de partager son intimité quelques heures avant une corrida ? Flatté, mais surtout inhibé, j'entrais dans sa chambre. Il était allongé et seul. Il semblait extrêmement fatigué, et le désordre de ses draps prouvait qu'il était agité.

— Tu sais pourquoi je t'ai dit de monter ?… Parce que je ne peux plus rester seul. Parce que j'ai besoin de toi ou de qui que ce soit… Parce que je suis mort de peur… Hasta las trancas, estoy hasta las trancas… Tu comprends ?…

Je ne comprenais pas vraiment. Je croyais encore à cette époque que les grands toreros avaient le pouvoir d'échapper à la peur. Qu'ils étaient surhumains, en quelque sorte. Je me mis alors à douter de mon propre destin : si Cesar avait peur… pauvre de moi. Je n'arriverais à rien. Effectivement, je ne suis arrivé à rien.

C'est bien cela un maestro, au sens propre, ça donne de fondamentales leçons. Ce que Cesar me révéla ce jour-là, c'est que la décadence finit tôt ou tard par accompagner la grandeur, et qu'il n'y a pas de courage sans peur.

Sa mère, qui fumait le cigare pour aller aux corridas de Caracas, disait de lui : « Avec les couilles de mon fils on peut faire plusieurs toreros… » Curro, Rafael, Efraïn… Tous ses frères furent toreros, bon nombre de ses neveux, et jusqu'à son petit-fils qui se produit de nos jours avec le prénom de Cesar…

Le plus grand torero vénézuelien s'est tué en voiture entre Caracas et Valencia.

Il y a des hommes qui ne sont pas faits pour circuler sur les autoroutes, les chemins sinueux leur conviennent mieux.

La temporada suit son cours… Enrique Ponce et Jose Tomas, deux des principales vedettes, sont absents des carteles depuis plusieurs semaines. El Juli doit assumer seul la responsabilité des affiches prestigieuses. Il l'a de nouveau fait avec succès à Pampelune où il a coupé cinq oreilles en deux corridas. Cependant les nouveaux venus poussent pour accéder au premier plan. El Fandi et Antonio Ferrera font la joie des publics notamment grâce à de grands tercios de banderilles. Cesar Jimenez, dans un style plus orthodoxe mais avec tout autant de détermination et une fine personnalité, assure lui aussi : quatre oreilles et une queue à Tarragone le 7 juillet, une oreille le 14 avec El Juli à Barcelone. Deux autres noms sont à citer : Antonio Barrera, héroïque à Pampelune, et Fernando Robleño qui vient de triompher fortement à Céret. Ces cinq jeunes matadors sont les compétiteurs directs des toreros de premier plan. Il ne serait pas étonnant qu'ils soient les nouvelles bases des ferias de la prochaine saison.

En tauromachie on a toujours l'impression que l'on ne peut pas faire plus. Ainsi, après El Cordobes dans les années soixante soixante-dix, il semblait impossible de pénétrer davantage le terrain du toro. Cependant Paco Ojeda est arrivé dans les années quatre-vingts… Encore plus près des cornes, plus vertical, enchaînant les passes dans une incroyable immobilité. Puis Jesulin de Ubrique, et de nos jours El Juli, Jose Tomas, Cesar Jimenez… De même pour le rejoneo : Lupi, Domecq, Vidrié et Moura semblaient avoir touché les sommets, puis arriva Pablo Hermoso de Mendoza qui les surpassa tous, toréant avec génie au millimètre près. Jusqu'où ira-t-on ? Impossible à imaginer. Si Guerrita, Juan Belmonte, Joselito El Gallo, Manolete, assistaient de nos jours à la feria de San Isidro ils n'en croiraient pas leurs yeux ! Jamais dans l'histoire de la corrida les toros n'ont été aussi imposants physiquement qu'à notre époque. Il suffit d'observer les images des années cinquante à soixante-dix, que nous propose Via Digital dans ses documents nostalgie avant les retransmissions des corridas. Il est évident que les toros alors combattus à Madrid étaient à peine du gabarit de ceux qui sortent de nos jours dans les arènes de deuxième catégorie !

Les toreros d'aujourd'hui sont époustouflants : ils s'arriment avec de véritables monstres aux cornes extrêmement agressives. Ces jours derniers à Pampelune, Padilla, Ferrera et El Fandi ont fait joujou avec une corrida de Dolorès Aguirre extrêmement armée et pesant près de six cents kilos. Tous trois se sont fait accrocher, mais aucun n'a renoncé ni pâli. De sacrés mecs. Chapeau, toreros.

Après avoir noué, en prenant tout son temps, autour de sa cuisse droite, la fine cravate de soie noire qu'il a arrachée des mains de Miguel Abellan, un sourire se dessine sur son visage, qui exprime sa satisfaction de n'avoir nul besoin d'autrui pour se mettre en place un garrot. Son sang a déjà abondamment coulé le long de sa jambe. Le bas rose est taché d'un long filet rouge vertical qui pénètre dans la ballerine du pied droit. On peut imaginer que ce sang s'agglutine sous la plante du pied, et que cette substance chaude et gluante, sortie de son propre corps, doit n'avoir rien d'agréable à être piétinée. Il a, d'un geste autoritaire, interdit aux autres toreros de s'approcher de lui à moins d'un mètre. Davila Miura, Miguel Abellan, ainsi qu'un groupe de banderilleros, assistent donc respectueux à son auto-intervention. Imaginez un malade dans un bloc opératoire, allongé sur le billard et s'opérant lui-même. C'est à peu près à cela que nous assistons. Enfin, ayant fait le constat que ce qui semble être le plus urgent a été accompli, c'est-à-dire peu de chose, voire même rien du tout car la pression de la cravate sur le vaisseau sanguin touché ne peut pas être d'un grand effet sur l'hémorragie, il signifie aux toreros qui l'entourent de bien vouloir retourner vers les burladeros, et lui, sans boiter ni aucune expression de douleur, revient sans hésitation vers la bête. Soutenu par les rumeurs admiratives du public ponctuées par une ovation de gala, sublimé par son courage et sa vergogne, sans aucune précipitation, et toujours avec la même apparente sérénité, il se remet à enchaîner les passes. À notre époque, il n'y a guère que dans les fictions que les héros demeurent insensibles à la perte de leur sang, continuant à combattre sans le moindre rictus jusqu'à ce que mort ou triomphe s'ensuive, et dans les arènes, où il est fréquent qu'un matador blessé refuse de se laisser porter jusqu'à l'infirmerie avant d'en finir avec son œuvre. Car c'est bien d'une œuvre qu'il s'agit : celle qui consiste à aller jusqu'au bout des limites de l'humainement possible. Il est clair que les toreros sont des hommes quelque peu anormaux. Qui aurait l'idée de prendre le risque d'accentuer les dégâts d'une blessure et d'en augmenter la gravité, uniquement pour une question d'honneur ? C'est-à-dire de demeurer droit et actif dans le combat, de parader même, tant que l'on possède le minimum de force pour cela. Enrique Ponce, blessé à Séville, est resté dans l'arène jusqu'à ce que son toro tombe et s'est rendu en marchant à l'infirmerie malgré les trente centimètres de corne qui avaient déchiré sa cuisse. Jose Tomas pousse plus loin l'étrange narcissisme qu'engendre pour les toreros la blessure : il tient absolument, une fois au bloc opératoire, à se déshabiller tout seul. Et il le fait avec une liturgique lenteur. Paco Ojeda, à Burgos, dont l'aisselle déchirée saignait abondamment, continua à toréer en chemise, auréolée de son sang. Enfin, c'est Antonio Barrera qui, à Pampelune, dans l'interprétation du répertoire du torero atteint mais qui ne tombe pas, a été le plus magnifique. Et cela par cette superbe inouïe qui lui inspira de se garrotter tout seul, sans la moindre grimace, avec une petite cravate de soie.

Il faut dire que pour Antonio Barrera le chemin le menant aux ferias importantes fut incertain, long et aventureux. Sans doute est-ce aussi pour cela qu'il ne veut pas perdre une seule seconde du bonheur de porter le costume de lumière. Parti il y a deux ans pour le Mexique en quête de contrats, puisqu'en Europe nul ne voulait plus de lui malgré des débuts de novillero pourtant prometteurs, il y triompha et y gagna une notoriété qui finit par se faire entendre jusqu'en Espagne, où il a finalement pu bénéficier de la motivation d'un manager réputé et à même de programmer les corridas nécessaires à sa promotion artistique. Les mérites d'Antonio Barrera sont à mettre en relief. Il démontre de surcroît une classe naturelle, et de réels dons pour le temple – qui est à une passe ce que l'éclat est au diamant – et l'équilibre harmonieux de ses faenas. Il peut aller loin Antonio Barrera… Tant qu'il y aura de fines cravates de soie.

Les bretelles de soutien-gorge vagabondes, le bras levé pour offrir ses roses aux spectateurs, elle est toujours là la dame, avec son chapeau andalou aux bords gondolés, son épaisse taille cintrée par un châle aux couleurs fanées, et sa robe à évocations sévillanes. Elle se déplace, suivant une stratégie bien réglée, sur les gradins des arènes de Fréjus en criant: « Pour encourager le toréador... » Il y a plus de vingt ans qu'elle a monté ce petit commerce, et de son marketing, rien n'a changé. Je suppose qu'elle doit aussi faire dans le brin de muguet pour le 1er Mai, et peut-être dans le chrysanthème en novembre. En tout cas, elle a au moins compris quelque chose à la corrida cette bonne dame: c'est que les matadors ont besoin d'être encouragés.

Aux alentours des arènes, une petite troupe d'aimables manifestants fait connaître son dégoût des corridas. Des dizaines de CRS barrent les rues permettant l'accès au cirque romain. Le décalage entre un tel déploiement de moyens et de si modestes ennemis est grotesque. Laissons vivre les anti-corridas, ils ne sont réellement pas dangereux.

El Fundi, Juan Bautista et Sébastien Castella ont été bien face à de bons toros de Juan Pedro Domecq. À la présidence, une femme prenait constamment des notes. Peut-être faut-il faire de nombreuses opérations pour résoudre l'équation de la concession des trophées ? Heureusement, l'autre dame n'a cessé d'affirmer sa conviction moins scientifique mais beaucoup plus humaine : « Des roses pour encourager le toréador… »

Depuis quelques semaines, on suit le nombre impressionnant des toreros qui se sont fait blesser. Aujourd'hui, ce sont Antonio Barrera – encore ! – et Antonio Ferrera qui sont tombés. À Barcelone, Barrera remplaçait Rivera Ordonez toujours indisponible, le toro l'a accroché et lui a ouvert à nouveau la cuisse droite, juste à côté de la récente blessure subie à Pampelune et qui n'était pas encore refermée… À Valencia, ce fut au tour de Ferrera d'interpréter sa partition tragique : la cuisse sanguinolente, il est demeuré en piste jusqu'à la chute de son adversaire. Lui aussi s'était fait poser un petit garrot de soie… Deux oreilles comme récompense. C'est la troisième blessure de Ferrera cette année. À la radio, il a déclaré dans une interview: «Il m'en reste encore trois à recevoir…» Ce ne sont pas des gonzesses, ces toreros! Quand je pense que souvent, de véritables poltrons les insultent depuis l'anonymat des gradins… Il est vrai que l'expression de leur courage peut nous être insupportable: ne placent-ils pas la barre trop haut?

Lundi 22 juillet: Cesar Jimenez a pris la substitution d'Antonio Barrera à Mont-de-Marsan. Ces temps-ci on y perd son latin. Rares sont les carteles annoncés qui ne sont pas modifiés pour cause de blessures. La corrida de Javier Perez Tabernero a eu un comportement fade. Seul un toro de Caballero a donné un peu de transmission, et il lui a coupé une oreille. Jose Tomas qui reprenait aujourd'hui l'épée, avait l'air quelque peu absent. Quant à Cesar Jimenez, il a assumé avec engagement et une tête bien construite. Mais avec de tels toros il était réellement impossible de triompher. Hier le banderillero français Tino Lopez a reçu ici un très grave coup de corne. Elle s'est arrêtée à un centimètre du cœur… Tino s'est trouvé à un centimètre de la mort…

Mardi 23 juillet: Santander. Cesar Jimenez est sorti en triomphe. Ça se confirme: ce torero attaque au sommet... Vendredi nous serons à Valencia avec Finito et Jose Tomas. Je l'écris depuis le mois de février : attention, Cesar arrive !

Vendredi 26 juillet : Cesar Jimenez s'est produit à Valencia. Cette corrida était essentielle pour lui : il a coupé deux oreilles et reçu le prix du triomphateur de la feria. Le lendemain, le journal *El País* a titré : *Deux momies et un torero.* Tel est le fait marquant de cette temporada : les jeunes mettent les vedettes en échec. On assiste à un vrai changement de génération.

Devant les arènes de Valencia, il y a une statue de Manolo Montoliu, tué par un toro dans les arènes de Séville alors qu'il était dans la cuadrilla de Manzanares. Je me souviens de ce 1er mai… Le matin, je m'étais rendu au tirage au sort des toros pour y rencontrer Manolo. Je l'avais apodéré trois ans auparavant alors qu'il avait tenté de reprendre l'épée. Il n'avait pu participer qu'à une dizaine de corridas. Ce magnifique banderillero, doué d'une technique et d'une esthétique privilégiées, n'a pas été capable de réussir sa reconversion. La grande différence entre le matador et sa cuadrilla, c'est la responsabilité. Être seul face au public et être obligé de triompher. Cette condition l'a inhibé à tel point qu'il n'était même plus capable de banderiller correctement. La responsabilité : c'est bien elle le plus grand des toros.

Dans les corrales de Séville, j'avais demandé à Manolo Montoliu de me donner une photocopie de sa carte d'identité. J'avais à cette époque un contrôle fiscal, et le vérificateur m'avait demandé une déclaration de Montoliu pour justifier une somme de soixante-dix mille francs que j'avais dû encaisser pour son compte. Il avait été blessé à Beaucaire et hospitalisé à Nîmes. J'avais donc déposé l'argent qui lui appartenait sur mon compte en banque personnel, en attendant sa sortie de clinique. Lors de mon contrôle, l'agent du fisc m'avait interrogé sur ce dépôt. Je lui avais dit la vérité :

— Cet argent n'était pas à moi. Je l'ai mis sur mon compte parce que le matador dont je m'occupais était blessé. Je le lui ai rendu plus tard.

— Fort bien, m'avait répondu le vérificateur, faites-moi parvenir un certificat de monsieur Montoliu attestant vos dires.

Il était 13 heures dans les corrales de Séville, le sorteo de la corrida d'Atanasio Fernandez venait de se terminer. Manolo à qui je venais d'expliquer la situation me dit : « Mon hôtel est en dehors du centre ; marque mes noms et date de naissance », puis il signa un papier me disant qu'il m'autorisait à reproduire cette signature : « Ça t'évitera de te déranger. »

Ce même jour, vers 20 heures, Manolo était mort. Un toro lui avait transpercé le cœur. Mort sur le sable ocre de la Maestranza. Il y a des lieux moins sublimes pour mourir… Mais tout de même…

Retour en France, et nouveau rendez-vous avec le vérificateur fiscal. J'avais deux solutions : soit faire une vraie fausse déclaration comme me l'avait demandé Manolo, soit raconter la vérité. C'est cette deuxième solution que j'ai choisie. Imiter sa signature après la mort du torero m'a semblé absurde et impudique. Le contrôleur m'écouta, réfléchit un instant, et me dit :

— Je vous crois, mais il me faut cette déclaration. Si vous la faites, je ferme les yeux, sinon je suis obligé de vous sanctionner.

J'ai choisi le redressement fiscal.

Les arènes de Barcelone sont situées à quelques mètres à vol d'oiseau de la Sagrada Familia. La façade de la porte principale, par où sortent en triomphe les toreros glorieux, est couronnée de quatre énormes volumes en forme d'œuf habillés de mosaïques bleues et blanches. Marque de l'évidente influence du chef-d'œuvre de Gaudí, qui irradie de sa magie visuelle la zone. Antonio Borrero dit Chamaco fut, dans les années cinquante, l'idole de la Monumental. Doté d'une personnalité dont la signifiance mystique envoûtait les foules, ce torero semblait puiser son inspiration dans l'extravagance du baroque catalan, dont l'hystérie colorée des formes extra-terrestres imaginées par le génial architecte sont l'illustration la plus sublime. Cette cathédrale est un monument d'harmonie délirante dédié à l'inachevé de la foi. Gaudí s'est fait écraser par un tramway, à la sortie de son chantier. La maquette de référence et les plans originaux ont disparu durant la guerre civile. Depuis presque un siècle les architectes tâtonnent dans les cieux pour tenter de demeurer fidèles aux rêves initiaux de l'artiste. Là est bien l'enseignement fondamental et moderne de ce chef-d'œuvre : il faut errer sans fin pour trouver Dieu. Sans dogmes et sans contraintes. Le bien et le mal ne sauraient être symétriques. C'est du gouffre des contrastes que doit s'élever la valeur des âmes. C'est bien ainsi que j'aime voir glorifier le bon Dieu : dans la volupté plus que dans l'austérité. Les hommes ne doivent pas se plier pour servir la divinité. L'histoire devait une réponse universelle à la perversité sans limite de la Sainte Inquisition : Gaudí l'a formulée. La Sagrada Familia est elle aussi sans limite. Chaque fois que je me laisse gober par sa vision, je me dis qu'on y enterrera un jour le Diable.

Je me souviens du 1er Mai 1963… J'errais dans Barcelone. C'était la fête du travail à la mode franquiste. Je lisais *Guignol's Band* de Céline. Sur la place de Catalogne, de jeunes gens dansaient la sardane en se tenant par la main. Ma sensibilité était chauffée à blanc, et c'est dans cet état que pour la première fois je découvris la Sagrada Familia. Emporté par ce torrent d'émotions, je me mis à pleurer. Depuis, chaque fois que je visite un musée, j'attends qu'à la source de mes yeux surgissent des larmes. Elles n'arrivent jamais : seul le cocktail de la Sagrada Familia, quelques lignes de Céline et la musique catalane ont su m'émouvoir jusqu'aux pleurs. Ce jour-là, dans les arènes de Barcelone, se produisait un novillero qui s'appelait *El Monaguillo*, c'est-à-dire « l'enfant de chœur ».

Aujourd'hui, j'accompagnai ici Alfonso Romero. Il a été bien en toréant mais mal à l'épée et n'a donc pas triomphé. Je le répète, il faut s'appliquer pour pouvoir conclure brillamment les homicides volontaires.

Lundi 5 août : hier, Cesar Jimenez a coupé trois oreilles à Estella. Aujourd'hui, il a remplacé Enrique Ponce à Vitoria et a coupé deux oreilles. C'était sa quatorzième corrida. Il a triomphé dans treize, ayant perdu à Mont-de-Marsan le bénéfice d'une oreille à cause de l'épée. Cesar est là.

— Ça va être dégueulasse, déclare Finito en changeant l'épée pour le descabello.

Jose Tomas, accoudé près du burladero des toreros, le regarde perplexe. Puis il dirige son regard vers le toro qui, moribond, s'est collé aux planches. Antonio Corbacho, son conseil, lui glisse à l'oreille:

— Regarde… le toro a un gros abcès sur le frontal au-dessus des cornes. C'est clair, ça va être dégueulasse.

Finito s'approche de l'animal, que les banderilleros s'efforcent de positionner pour l'exécution du coup de descabello. Le matador lève son arme avec une moue de dégoût. Il frappe.

Effectivement c'est dégueulasse. L'abcès éclate et un pus abondant jaillit. Une espèce de mayonnaise immonde et puante. Finito, Jose Tomas, Morante et tout leur entourage du callejon ont une expression d'écœurement. « J'ai envie de vomir », me dit Matilla, l'apoderado de Finito.

Moi aussi j'ai envie de dégueuler en voyant les fils visqueux de pus qui pendent comme de la morve à la pointe du descabello.

Finito doit s'y reprendre à plusieurs reprises. La matière gicle sur la barrière où elle s'écoule, laissant comme une trace d'escargot.

Dans l'arène, ce qui n'est pas habituel est choquant. La vision d'une corne ou d'une patte cassée est à la limite du supportable, alors que l'on contemple sans s'émouvoir les blessures ouvertes et sanguinolentes sur le toro comme sur le torero. Notre sensibilité est sélective. Ce qui relève des règles du jeu est admissible. Le reste non.

Où réside réellement la cruauté ? Vaste question. La cruauté, c'est l'inhabituel. Ainsi, la vision à la télé d'un enfant mourant de faim en Afrique nous heurte moins que celle d'un chien accroché par une voiture. Est cruel ce qui n'est pas quotidien. C'est ce principe banal qui conduit les sociétés humaines, aussi évoluées soient-elles, aux horreurs les plus incroyables. L'horreur, en se répétant, devient banale.



Aujourd'hui à Dax, seul Finito a coupé une oreille. La corrida de Juan Pedro Domecq fut pourtant excellente, mais le public, blasé par les émotions de la course de Victorino Martin de la veille, était avare au moment d'exprimer sa joie.

Depuis plusieurs jours, je vis le circuit des ferias d'août : Malaga, San Sebastian, Dax… Les kilomètres s'accumulent, les nuits sont courtes, les problèmes professionnels quotidiens… Cependant, accompagner Cesar Jimenez est un plaisir. Assister et organiser la naissance d'un torero important crée des émotions à nulle autre pareilles.

Le 14 août, à San Sebastian, le toro l'a piétiné, fouillant de ses cornes son corps étendu sur le sable comme un voleur sans vergogne pressé de dépouiller un cadavre. Dans de tels cas, pour tous, les secondes sont longues. Le public retient son souffle. Certains crient, d'autres ferment les yeux. Lorsque je toréais, je me souviens que j'avais dans de tels instants l'impression d'être pris dans des sables mouvants, ou celle d'être aspiré dans un gouffre sans fond. Emporté dans l'ultime spirale qui entraîne irrémédiablement vers la mort.

Il s'est relevé. Titubant et sans chaussure. Une fois éloignés les banderilleros et autres toreros accourus pour lui apporter de l'aide en essayant de distraire le toro de son œuvre délétère, Cesar a marché, lentement, comme pour remonter les ressorts de sa mécanique corporelle. De la pointe de son épée, il a projeté une chaussure à l'autre bout de la piste, signifiant ainsi que pour marcher sur un nuage, on n'a nul besoin d'habiller ses pieds. Il s'est tourné vers le toro, et à nouveau son corps s'est étiré dans une fine esthétique. Il a fait glisser son pied droit très doucement vers l'avant, juste dans l'axe des cornes, présentant simultanément sa muleta qui caressait le sable. « Hé toro », a-t-il grommelé sans violence ni aucune précipitation. Tout dans son allure était stylisé et fin. La bête a repris ses assauts. Cesar Jimenez a aspiré alors les charges avec volupté, au ralenti et dans de parfaits enchaînements. Son poignet et sa ceinture, comme animés par une brise, donnaient du vol à l'étoffe rouge. Fondus en une seule masse : la bête et l'homme. Comme toujours dans de tels cas, il m'a semblé voir apparaître un minotaure à la fois répugnant et élégant.

Le 16 août, Javier Conde a réalisé à Dax une faena flamenca avec pour partenaire un bon toro de Manolo Gonzalez. Ce torero se distingue par des créations très personnalisées. Son récent mariage avec une artiste du flamenco potentialise son inspiration, qui a pour source à la fois la bête, la musique et la femme. Le moment le plus sublime est souvent celui qui précède l'orgasme, c'est pour cela peut-être que Javier demeure dans l'inachevé, et qu'il y a plus de rêve dans ses faenas que de réalité.



Ce jour-là, Cesar Jimenez a coupé la seule oreille de l'après-midi, après un pinchazo, une estocade et deux descabellos. C'est dire que s'il avait rapidement tué, il eut coupé deux oreilles, comme la veille à El Espinar, toréant avec Paco Ojeda et El Juli, le 10 août à Vinaroz où il a obtenu quatre oreilles, le 18 à Villarobledo. Cesar est constant dans le succès. Quelle que soit l'importance des arènes et les élevages auxquels il se trouve confronté. Comme pour tous les arts, c'est la constance qui fait la différence. Affirmer chaque jour son talent est la marque des grands. Cesar Jimenez me permet de réaliser ce dont je rêvais depuis longtemps : participer à l'élaboration d'une grande carrière. S'il est évident que c'est d'abord à son talent qu'un torero devra sa réussite, ces dons doivent être supportés par des stratégies artistiques et commerciales adaptées. Il y a peu de place pour l'approximatif, dans les gestions d'artistes. Tout doit être simultanément pris en compte : la conjoncture du marché, la maturité technique, les fragilités psychologiques, la planification des contrats qui doivent être négociés au juste prix : ni trop ni pas assez…

Le sable est gris dans les arènes de Bilbao. Le ciel aussi est gris, et fréquents sont les jours où quelques nuages assistent de très haut aux courses de toros. Ce vendredi 23 août, deux toreros ont mêlé leur sang au sable gris de Bilbao : Miguel Abellan et Davila Miura. Au mois de juin c'étaient les seniors qui tombaient, à présent c'est au tour des juniors. Cette temporada 2002 est riche en accidents. De fait, toutes les saisons sont marquées par de fréquentes blessures. Certains accusent les toreros d'être des truqueurs qui ne prennent quasiment pas de risques ! El Juli a terminé la corrida tout seul. Il a coupé trois oreilles à des Torrestrella agressifs qui savaient parfaitement utiliser leurs cornes. El Juli est sorti en triomphe par la grande porte. Il y a huit ans qu'aucun matador n'avait connu pareil honneur. On est numéro un ou pas, et Julian l'est. C'est pour le démontrer une nouvelle fois qu'il a choisi de faire trois paseos sur le sable gris de Bilbao, dont une fois pour y affronter les Victorino Martin. Le Français Fernandez Meca était à ses côtés. Il a été très bien avec le lot le plus compliqué. J'ai de l'admiration pour ce torero qui, à force de persévérance et de courage, arrive à réaliser des rêves inaccessibles au commun des mortels. J'aime son sourire semblable à un clin d'œil…

Le président des arènes de Bilbao a lui aussi parfois l'humeur grise. Ainsi, il lui plaît de refuser des oreilles amplement réclamées par la majorité du public. Il doit compter les mouchoirs blancs en oubliant que cette tradition remonte à une époque où le mouchoir était un attribut vestimentaire obligé. De nos jours qui va en été aux arènes avec un mouchoir, mis à part les enrhumés ? Pour demander l'oreille, les gens crient. Ce qu'il faut évaluer ce sont les décibels. Mais certains présidents, qui le plus souvent sont des flics, n'aiment pas distribuer les récompenses. Il faut dire que les flics c'est plutôt fait pour distribuer les contredanses. En tauromachie, réprimer semble bien vu par certains. C'est un art dont l'interprète principal est régulièrement victime d'une présomption de culpabilité. Il ne faut pas l'oublier, le ministère de tutelle de la corrida en Espagne est celui de l'Intérieur, et le règlement taurin est une loi votée au Parlement. C'est du côté de la psychanalyse qu'il faudrait rechercher la cause profonde de ce besoin de gérer la tauromachie comme une activité délinquante. Car il est clair que la pratique de la corrida est transgressive de nombre de lois et de commandements bibliques. Le torero transgresse le *Tu ne tueras point,* et cela l'inconscient collectif doit le lui faire payer, ce qui est encore une façon d'occulter que le spectateur est lui coupable de recel (de transgression...). Mais on pénètre totalement l'espace psychanalytique quand on considère que l'un des interdits majeurs en Occident consiste pour un homme à risquer volontairement sa vie. À s'arroger le droit de mourir autant que celui de tuer, devant tous. Notre culture est fondée sur la protection des richesses, la plus sacrée étant sans nul doute la vie. Et voilà que quelques garnements, vêtus d'or et de lumière, offrent leurs organes vitaux aux cornes des toros. Inadmissible sacrilège, économie paradoxale contraire aux lois qui régissent l'existence des humains. Georges Bataille dans *La Part maudite* expose ces théories. De même qu'Antonin Artaud dans *Le Théâtre et son double.* Deux textes qui expliquent mieux que tous les essais tauromachiques ce qui se passe dans l'arène. Artaud n'était pas aficionado, ce qui est dommage, il eût été amusant alors de lire les revues taurines. Bataille aimait les courses de toros. Dans *La Part maudite,* il utilise une fois le mot «arène» pour expliquer, suivant la métaphore de la goutte d'eau, qu'un spectateur de trop ferait déborder l'arène. Signifiante proposition... Le spectateur de trop, voilà précisément celui que je recherche... Et s'il s'agissait simplement de moi? Je connais à présent les événements qui ont induit ma vocation taurine. Ils n'ont absolument rien à voir avec les toros. Il appartient à chaque aficionado de soupçonner qu'il y a en lui un double qui ne réagit nullement par rapport à l'objectivité des règles tauromachiques. Ce double est secrètement installé en nous, et c'est lui qui dicte notre conduite dans les arènes. Oui, elle existe la corrida et son double, dans l'inconsciente doublure de notre être. Gris aussi est notre inconscient, opaque même. Plus que gris. C'est la nuit.

Il fait nuit à Bilbao. On ne distingue plus le sable. De l'infirmerie jaillit encore une lumière. On y opère deux toreros.

*L'Été dangereux.* C'est au tour des juniors disais-je il y a quelques jours… Le samedi 24 août, c'est El Fandi qui a été gravement blessé à Bilbao : trois coups de corne sur un même accrochage ! À Almagro, où je me trouvais ce jour-là avec Cesar Jimenez, qui a encore triomphé en coupant trois oreilles, Leandro Marcos a lui aussi été mis hors combat. Dimanche, ce sont deux novilleros qui ont reçu des cornadas à Almeria… La saison 2002 aura vraiment tout de l'été dangereux, suivant l'expression qu'Ernest Hemingway avait trouvée pour illustrer la compétition entre Luis Miguel Dominguin et Antonio Ordonez. C'était dans les années cinquante, et l'été ne fut en vérité sanglant que dans la prose de l'écrivain. Les efforts que réalisent de nos jours les toreros sont sans commune mesure avec les risque encourus par les vedettes d'antan. Les toros sont à présent beaucoup plus sérieusement présentés. Ils ont quatre ans passés, et leurs cornes ne sont plus épointées dans les grandes arènes, ce qui était souvent le cas dans les années cinquante et soixante. Mais c'est surtout la façon dont on les torée qui augmente le danger. Des matadors tels qu'El Fandi ou Cesar Jimenez sont capables de réaliser à genoux tout le répertoire, mieux que ce que certains de leurs illustres prédécesseurs n'étaient capables de faire debout!... Il est nécessaire d'insister sur l'augmentation du danger dans la corrida contemporaine. Trop nombreux sont ceux qui croient exactement le contraire. La vérité, c'est que jamais dans l'histoire les toreros n'ont pris autant de risques et que les toros n'ont eu autant de présence physique. Si le docteur Fleming n'avait pas inventé la pénicilline, il n'y aurait plus de corridas: la plupart des toreros ont reçu des coups de corne qui eussent été mortels avant les progrès de la chirurgie moderne. À présent il leur faut une courte récupération, et ils reprennent leur activité quelques jours après les plus graves blessures. La psychologie du malade peut être la meilleure des thérapies. Les toreros vivent quotidiennement dans l'idée de l'éventualité d'une blessure. Ainsi, lorsqu'ils la subissent, elle leur fait autant d'effet qu'une mauvaise grippe...

Je pars ce lundi matin pour Almeria, où Cesar Jimenez doit remplacer Miguel Abellan auprès de Jose Tomas. Finalement, bien qu'ayant reçu l'alternative en mai, Cesar aura participé pratiquement à toutes les grandes ferias depuis le mois de juillet, et triomphé en obtenant des trophées dans vingt-deux des vingt-trois corridas auxquelles il a participé à ce jour. Il est annoncé lors de toutes les ferias de septembre, dans des programmes de luxe. Pour obtenir ce résultat, il fallait une programmation adaptée, et tout doser : le potentiel humain du torero, l'évolution de sa technique, la maturité de son style, la progression de sa cote économique, l'adaptation de sa communication, l'harmonie de ses relations commerciales... avec les producteurs... ça marche trop bien... J'ai peur qu'on me le pique. Je sens quelques traîtres embusqués... Une grande vedette est dangereuse pour l'équilibre du rapport des forces du marché. On est dans la perspective prochaine du concours pour la concession de l'exploitation des arènes de Madrid. Dans cette conjoncture, il ne serait pas prudent de laisser entre mes mains une arme de destruction massive. Cesar Jimenez en est une...

Lorsqu'on arrive en avion au-dessus d'Almeria on a l'impression d'approcher un paysage lunaire. Car la richesse de cette région provient de la culture expansive de légumes sous serres. D'immenses bâches blanches ont pris la place des lopins de terre et transformé l'espace en univers plastifié. L'ensemble est très étrange, et pourrait être l'œuvre d'un artiste conceptuel ayant eu pour projet de gommer de notre planète la variété des paysages. Une région montagneuse et totalement déserte précède des kilomètres carrés de serres. Plus loin, en perspective, apparaît la mer, si bien que cette vision impose le sentiment d'une planète abandonnée dont la vie serait totalement absente. C'est bien d'un peu de ça qu'il s'agit, car les légumes à Almeria n'ont jamais vu le soleil, ce qui doit être triste pour un légume. Ils grandissent sous plastique et finissent empaquetés sous cellophane pour être exposés sur les rayons des supermarchés. Angoissante vision qui porte sans doute en elle un avertissement pour le futur de notre civilisation. L'humanité sous la protection d'une capote planétaire...

Cesar Jimenez a connu hier un triomphe retentissant à Almeria. Il est à nouveau sorti en triomphe après avoir coupé deux oreilles. Il aurait dû en obtenir quatre mais Cesar a des faiblesses à l'épée. Aujourd'hui, mardi 27 août, il s'est produit à Cuenca. Il a été magistral. À nouveau défaillant au moment de l'estocade, il n'a obtenu qu'une seule oreille, mais le public, totalement conquis, a hurlé: « Torero, torero, torero! » lorsqu'il a quitté les arènes. Au mois de juin, j'écrivais: « Cesar arrive ». En juillet je notais: « Cesar est là », fin août je peux dire: « Cesar s'affirme ». Frêle jeune homme, il s'expose avec une rare détermination et une totale sincérité. Il porte en lui un projet de tauromachie majuscule: élégance faite de décontraction et d'abandon du corps, en enchaînant les passes dans la variété du répertoire. Il n'y a que trois mois qu'il a reçu l'alternative, et son besoin immédiat est le succès à tout prix. Il se joue donc la peau face à tous les toros, ce qui le condamne parfois à une certaine imprécision, voire à des ratés dans l'harmonie. Mais c'est le passage obligé pour qui a l'objectif de parvenir aux cimes. N'oublions pas que Jose Tomas n'a trouvé la magie de son rythme qu'au terme de trois temporadas, et qu'il a fallu plusieurs saisons à Enrique Ponce pour arriver à maturité. Certains critiques l'avaient même condamné au chômage technique après son alternative. C'est cette capacité qui fait le plus souvent défaut à la critique : la vision du long terme. Elle ne sait juger que l'immédiat. Là est la différence avec le jugement des professionnels, qui ont eux la capacité d'imaginer les potentialités d'un torero. Souvent, nous préférons une imperfection porteuse d'ambition qu'un travail bien achevé mais un peu creux. Le talent lui aussi se cultive, mais pas sous serres. Il faut lui laisser le temps de rencontrer le soleil.

Le 2 septembre. Je suis en train de songer à Javier Conde que j'ai vu toréer hier à Valdepenas. Il portait un costume mauve. J'aime cette couleur. Elle évoque pour moi un passage ; une passerelle. Du clair vers l'obscur, de la joie vers la tristesse, du masculin vers le féminin. De la vie à la mort aussi. Elle est, suivant notre humeur, une teinte qui s'éteint, ou au contraire qui s'éclaire. Il y a une secrète subtilité dans cette sacerdotale couleur. Javier, qui a une allure de prince gitan envoûté et ensorceleur, portait un costume de lumière mauve brodé de perles blanches dont la vision suggérait une odeur de jasmin et de lilas. Sa ceinture, elle aussi de soie mauve, de même que sa fine cravate, créait des reflets comme les jets d'eau qu'accompagne le soleil.

Je songe à la troublante solennité de certains paso doble. Hier à Valdepenas, lorsque Conde toréait, la musique respirait, donnant aux arabesques éphémères de son art un frisson d'âme flamenca. Je revois dans mon songe le toro tituber, et l'ombre du matador projetée sur son garrot ensanglanté prendre l'apparence d'une superbe oraison : mélange de couleurs comme un assemblage de mots. L'arène comme une palette.

Le téléphone sonne.

— Manolo Chopera est mort, me dit une voix.

La dernière fois que je l'ai vu, c'était au mois de mars à San Sebastian ; dans le callejon de « ses » arènes, celles dont il avait rêvé durant toute sa carrière, et dont la construction, il y a quatre ans, fut la dernière de ses réalisations. Ce projet achevé, il a laissé à ses fils, Oscar et Pablo, les commandes de l'empire taurin le plus considérable, la gestion de plusieurs arènes parmi les plus importantes du monde.

Avec une attitude d'aigle impérial nostalgique, il avait le regard rivé sur un esporton à roulettes qu'un mozo tirait dans la contre-piste. Manolo, à cet instant, devait considérer que le progrès nous réserve parfois de grotesques surprises.



J'aimais cet homme qui, lorsque j'étais adolescent, incarnait pour moi une façon élégante et intelligente d'être. Infatigable et d'une grande rigueur professionnelle, il a gouverné durant trente ans la production tauromachique internationale. J'aimais sa fantaisie aussi, qui lui permettait de jouer des parties de poker verbales jusqu'à des heures avancées de la nuit. Don Manuel m'avait aidé au début de ma carrière. Après une corrida à Bayonne, le 5 août 1975, je m'étais approché de lui pour lui demander un entretien alors que je le connaissais à peine :

— J'aimerais travailler avec vous, lui avais-je dit en forçant mon audace.

— Pourquoi l'accepterais-je ? m'avait-il demandé en m'auscultant du regard.

— Parce que nous sommes en France, et que vous pourriez un jour avoir besoin d'un associé français.

Il a souri, sans ironie, et m'a dit que cela pouvait être envisageable sur les affaires que je serais à même d'apporter. Nous avons été associé à Fréjus en 1976 et 1977, puis à Nîmes en 1980. Je n'avais que des illusions et aucune expérience. J'ai donc perdu de l'argent. Don Manuel m'accordait du crédit, avec noblesse. Mes déplacements à San Sebastian pour lui expliquer notre déficit m'étaient difficiles, mais jamais il n'a profité de cette faiblesse ; il avait à mon égard un comportement paternel, et je l'avais idéalisé comme tel.

Un esporton, c'est la valise de cuir ciselé dans laquelle s'entassent capes et muletas. Enfant, du haut de l'amphithéâtre nîmois où le public attendait pendant plusieurs heures le début de la corrida, celle-ci commençait pour moi dès qu'apparaissaient dans la contre-piste les valets d'épées transportant sur leurs épaules ces lourdes malles, desquelles ils sortaient les capes qu'ils alignaient et brossaient sur le fil de la barrière. Le rituel de l'arène se mettait en place ; j'étais fasciné par ces scènes qui précédaient le paseo. De nos jours, les mozos de espadas se fatiguent moins, ils ont trouvé un truc : ajuster de petites roulettes à la base des esportons. Il est moins pénible de les tirer que de les porter.

Avec don Manuel, nos regards se sont croisés, et nous avons échangé un sourire. Les souvenirs sont aussi de lourds bagages qu'il faut savoir porter… Sans petites roulettes, ni vulgarité.

Que le mauve t'accompagne, Manolo, dans le passage de la vie à la Vallée des Rois. Aujourd'hui c'est le 2 septembre… Le jour de ma naissance.

Arles, une nuit.

— On l'attend. En principe, il ouvre à cinq heures.

L'homme regarde sa montre.

— C'est cinq heures moins cinq. On l'attend. Aujourd'hui c'est jour de marché. Il aura peut-être un peu de retard.

Il regarde à nouveau sa montre.

— On l'attend. Ça fait du bien de boire un bon café.

Appuyé contre un pilier de l'hôtel de Paris, un autre homme, plus vieux, dit :

— Tiens, elle est là, Danielle.

Depuis ma voiture, dans laquelle je suis resté assis, je jette un regard pour voir Danielle. C'est une chatte qui, assise et se léchant la patte pour sa toilette matinale, semble attendre aussi. À cette heure et en ce lieu, les deux hommes et Danielle semblent avoir leurs habitudes. Dans l'attente de l'ouverture du café de Paris doivent commencer toutes leurs journées.

À cinq heures pile la devanture s'éclaire. Un bruit de clés se fait entendre. Le rideau de fer s'élève dans un ronronnement de moteur électrique grippé. Le café de Paris prend vie.

— Vous voyez, me dit l'homme (l'autre ne parle pas), il n'y a plus à attendre. Ça fait du bien de prendre un bon café à cette heure, répète-t-il.

Enfin, assis à une table, je me mets à écrire.

Trois personnages chargés du nettoyage des rues entrent. Vêtus de combinaisons jaune et bleu plastifiées, ils ressemblent à des créatures de science-fiction. Ils commandent un café, et énoncent à tour de rôle qu'il était vraiment bon de prendre un café à cette heure. J'allume une cigarette en commandant mon deuxième café.

Arles est une belle ville. Lorsque j'ai des insomnies, je me lève et quitte mon coin de campagne pour y acheter un paquet de cigarettes et y boire un café. J'aime ces heures où les villes semblent mortes quand, suivant une chronologie à l'allure immuable, l'animation très lentement se crée. Avant de sortir de chez moi je lis sur mon ordinateur les dernières nouvelles taurines. Puis, avant de monter dans ma voiture, je regarde longuement le ciel qui chaque fois me fascine. C'est celui qu'a peint Van Gogh : sans limites. Ni dans l'espace ni dans la beauté. Paré de toutes les nuances du noir et du bleu. Équilibre parfait du désordre. Radicale beauté. Plus rien ne reste à imaginer. L'arrêt sur image s'impose. Aucune complaisance dans la traduction picturale de la nature et des hommes qui l'habitent. Équilibres magiques. Mythiques perspectives. La réalité décortiquée, comme un fruit débarrassé de son écorce ou de sa pelure. Affirmation des formes et des couleurs comme un autre glorifiait les voyelles… *J'ai assis la beauté sur mes genoux, et je l'ai trouvée laide.* Orgueil de l'œil. Voracité poétique.

Au café de Paris la radio fonctionne. Ce doit être la fréquence Nostalgie : *Cécile, ma fille…*, *Que c'est triste Venise…*, *Elle était si jolie…* Trois tasses de café s'alignent déjà sur ma table. Trois mégots aussi dans le cendrier. Je suis vraiment con de fumer. Hier j'ai rencontré Alain M. On s'est raconté que lorsque nous étions adolescents et que nous n'avions encore toréé que des bêtes mécaniques, nous avions à cette époque commencé à fumer. Avoir les doigts jaunis par le tabac était pour nous un signe de maturité. Nous nous sentions des hommes. Il faut dire que nous n'avions pas reçu les bonnes leçons. Notre recherche des valeurs était en soi une aventure. Alain M. m'a dit que depuis un mois il ne fumait plus. On ne se rencontre pas souvent, mais c'est généralement exactement au même endroit : autour des arènes de Nîmes, du côté du café de la Bourse. Il faut dire que de l'autre côté il y a une statue… Durant nos rencontres, on se parle très peu : ne nous sommes-nous pas déjà tout dit, il y a si longtemps ? Cet homme a fait du désespoir une éternelle forteresse, alors que j'ai construit mon destin sur le sable mouvant de l'espérance, dévorant les illusions comme Saturne mange son fils sur la toile noire de Goya. Le désespoir et l'espoir sont les mets majeurs des banquets dont se délectent les poètes. Nourritures célestes.

Sur Internet, j'ai lu tout à l'heure que les responsables de la Communauté de Madrid ont fait marche arrière sur les conditions vicieuses du concours pour l'exploitation des arènes de Madrid, consécutivement à mes déclarations, agressives contre les dirigeants de cette administration qui fait si peu de cas de la transparence, dans l'attribution de ce marché public. Combines et trafics d'influence. Relents mafieux. Et je le dis. Imprudent sans doute, mais je considère que ma liberté et ma dignité n'ont pas de prix. C'est peut-être précisément à la tauromachie que je dois cette discipline de vie. J'aime sentir passer près de moi le fauve du pouvoir. Pas plus que les toros, il n'est invincible, mais comme eux il peut infliger de cruelles blessures. Vaincre ou périr n'est pas qu'un slogan.

Le journal *La Provence* est posé sur une table près de moi. J'en lis les titres principaux : *Montpellier veut vider ses ordures dans les Bouches-du-Rhône*… guerre des ordures. *OM : gagner enfin au Stade Vélodrome*… guerre de baballe. *L'Irak défie Bush*… la vraie guerre. *Face aux intempéries*… guerre des cieux. Que de guerres, que de guerres !

Ce samedi 14 septembre aurait dû avoir lieu la deuxième corrida de la feria des Vendanges à Nîmes. Elle a été annulée pour cause de catastrophe naturelle. Je bois mon cinquième café, fume ma sixième cigarette. Je vais retourner dans mon coin de campagne sous le ciel de Van Gogh, qui est sur le point de disparaître. Jusqu'à demain. Il est six heures dix. Jacques Dutronc chante à la radio *Il est cinq heures*…

Sur le boulevard des Lices, j'achète des fleurs. Puis je m'arrête sur le pont pour contempler le Rhône. Enflé et menaçant, il m'apparaît comme un immense serpent. Lentement il coule vers la mer. Prisonnier de ses rives, il cherche à s'échapper en débordant les digues. L'eau a une âme qui est parfois terrible. Mais c'est elle, et elle seule, qui peut créer la vie.

Jose Tomas est parti. Avec toute la puissance de son silence et de son mépris pour nos petites affaires taurines, le comportement des humains sur les gradins des arènes, les contraintes qu'exigent les spéculations sur le cours des carrières, la routine ennuyeuse de la compétition entre les vedettes, les discours approximatifs de la presse, la monotonie des paysages sur les routes qui mènent aux ferias et le bruit tapageur de ces fêtes.

Il a chargé son cabinet de presse de nous faire connaître son absence. Nous dire qu'il ne jouerait plus avec nous à être figura del toreo. Il s'ennuyait, Jose Tomas, et cela se voyait. Il avait souvent l'air de se demander ce qu'il faisait parmi nous et de nous signifier que nos préoccupations n'avaient rien à voir avec les siennes. Il n'a jamais aimé le spectacle tauromachique, seul le passionnait son rituel d'homme livrant son corps aux charges sacrées des toros. L'offrande de ce corps n'avait pour ambition que celle de dessiner des passes vidées de toute expression autre que celle de son âme. Ténébreuse et secrète. Mystique.

Jose Tomas est parti. Il a abandonné sa profession et ses règles mesquines, entraves à sa passion, handicaps pour la réalisation de son désir, une chape de plomb interdisait l'évaporation de ses artistiques essences. Il semblait sommeiller dans les callejons durant quatre des six actes de la corrida. Lors de la course des deuxième et cinquième toros, il lui appartenait cependant d'occuper la piste. Alors il s'étirait dans quatre ou cinq véroniques, jouait avec une superbe harmonie du balancement des bras, guidait avec un temple exquis la charge encore désordonnée du fauve. Réduisait dès cet instant les soubresauts bestiaux pour les adapter à son tempo corporel, au rythme de sa rêverie, aux exigences de son style épuré. Puis il signait cette courte ouverture par une demi-véronique qui venait déposer sur sa hanche un papillon de plus de cinq cents kilos. Les olés avaient embrasé l'arène. Jose ne levait pas le regard : il commençait véritablement à s'engloutir en lui-même. D'une marche dégagée de toute vaine expression de machisme, il se désintéressait alors de l'action, laissant le picador se livrer à ses basses œuvres. Pas un mot, pas un cri. Rien, il n'avait rien à dire. Sonnaient les stupides trompettes pour annoncer le changement de tiers. Il avait alors un très léger sourire comme pour nous signifier que son jeu n'avait absolument rien à voir avec nos règles. Il retournait vers le centre de la piste où, avec une gestuelle dégagée de tout effet d'annonce, il passait la cape dans son dos. Et là, absolument immobile, le corps étonnamment détendu, comme dépourvu de système nerveux, il s'attachait à ce que le toro n'ait d'autre alternative que celle de foncer sur son ventre pour l'ouvrir et mettre ses entrailles en pièces. Une fois, deux fois, trois fois... la bête passait violemment à quelques millimètres des dorures de son costume et de sa peau. Gaoneras sans envol, mais d'une rigueur extrême. Il faisait ces passes comme d'autres se piquent avec des seringues remplies de produits hallucinogènes. La foule, après avoir retenu son souffle, hurlait des olés profonds pour célébrer ce héros. Jose Tomas baissait la tête, se dirigeait vers la barrière d'un pas empreint de grâce féminine, la cape rassemblée dans une seule main était tirée dans son dos comme un filet de pêche dans lequel il n'y aurait eu qu'un seul petit poisson jetant des éclats argentés. Le torero en échangeant sa cape contre la muleta rejetait ce poisson à l'eau. Parce que Jose Tomas n'aimait pas tuer les bêtes. De stupides trompettes à nouveau se faisaient entendre. Encore un petit sourire pour se soumettre avec dérision à ce dogme militaire. De l'ordre dans la piste. Du désordre dans sa tête. Complaisant avec le règlement Jose Tomas. Poli tout au plus, mais avec de claires expressions de son cynique ennui.

Il relevait à peine la tête pour, à ce moment, chercher du regard celui que l'on appelle respectueusement le président, et qui est investi du droit de diriger la chronologie de ce qui advient dans l'arène. Le maître du dogme qui ordonne le rituel sans être nécessairement investi de la sensibilité inhérente aux décisions que prennent les grands prêtres et les chefs de tribus. Un trop petit oiseau dans une trop grande cage. Invisible pour le regard plein d'amplitude céleste de Jose Tomas. Le bras levé vers le maître de cérémonie, le matador se soumettait à cette stupide convenance qui veut qu'un artiste sublime doive se soumettre aux diktats d'un être dont la vie est généralement extrêmement banale. Chose faite, Jose retournait lentement vers la bête. Il choisissait un endroit pour se planter au fil des barrières. Et là, comme une Belle au bois dormant attendant un amant, il provoquait la bête. Elle passait et repassait toujours au plus près de son corps figé, immobile. Souvent des statuaires nacrées, ou des trincheras comparables à des éclairs qui pénétreraient la terre. Une passe de poitrine, voluptueuse, enfin pour se dégager.

Commençait alors le bal des vampires. Du couple formé entre l'animal et le torero, quel est de ces deux partenaires celui qui de l'autre goberait le sang ? Jose Tomas se transformait en édifice gothique. Le buste posé sur les piédroits que devenaient ses jambes. Sa tête se penchait sur son épaule gauche, sa langue sortait légèrement de sa bouche comme pour lécher ses lèvres, son bras droit, harmonieuse scotie, tenait l'épée à la hauteur de sa hanche, le gauche portait la muleta tenue par le milieu du bâtonnet, totalement et naturellement déroulée, faisait glisser d'arrière vers l'avant l'étoffe rouge, par le jeu discret mais extrêmement dominateur du poignet. Le bas de la muleta venait enfin se poser comme une sauterelle sous le museau du toro. Le toro voulait alors manger la sauterelle. Et la sauterelle sautait pour se dégager et aller se reposer à quelques centimètres, alors que le corps de Jose Tomas pivotait sur ses frêles chevilles. Tout son poids semblait rassemblé sur la haute extrémité de sa hanche gauche. Comme si l'artiste avait établi là le moteur de ses sens. Une cible à atteindre. Enchaînement de passes comme un discours qui s'étire, ai-je écrit ici. Un discours amoureux ? Ou au contraire, comme dans ce que l'on a appelé le Nouveau roman, un discours qui se mord la queue ? Je crois qu'en toréant, Jose Tomas construisait des plages, avec du sable et des soleils, et des mers, et des coups de vent, et tout ce que la nature contient de plus imprévisible dans son inexplicable beauté. La beauté peut être exprimée, elle ne s'explique pas. C'est peut-être précisément cela qui a définitivement agacé Jose Tomas : certains hommes, et dans ce cas des aficionados, s'obstinent à vouloir expliquer la beauté. On doit la recevoir comme une divine offrande, et se taire. Et jouir. Le silence des poètes est trop souvent troublé par le tintamarre d'esthètes mal éduqués. Jouir et se taire, tel est l'art de vivre que nous enseignent les artistes. Là est la frontière culturelle entre l'Asie et l'Occident. La tauromachie est un art martial.

Jose Tomas est parti. Je vais m'ennuyer aux arènes. Il doit se produire une dernière fois à Mexico, sur les ruines de l'empire aztèque. Je traverserai l'océan pour aller le voir, et embaumer mes rétines du parfum de ses dernières passes naturelles. J'irai sur la place du Zocalo où les chrétiens ont enterré les traces de leur affreux génocide. Je tournerai le dos à la cathédrale bancale et chercherai dans le ciel la lune, le soleil et le serpent à plumes. Je marcherai doucement pour ressentir sous la plante de mes pieds les coups de boutoir de cette terre qui souffre. Des millions de morts grattent cette croûte terrestre. C'est sur ce cimetière que Jose Tomas a choisi de se vêtir une dernière fois du costume de lumière. Ce torero est la réincarnation de Moctezuma, leurré en accueillant les bourreaux de son peuple comme des messagers de ses dieux. C'est pour cela qu'il se méfie, Jose Tomas, parce qu'il connaît déjà l'histoire. C'est au Mexique qu'il a choisi de recevoir l'alternative et c'est à Tenochtitlan qu'il disparaîtra. Sa carrière ? Un petit tour en Extremadura pour voir d'où venaient les dévastateurs de sa culture, une balade en Castille pour participer aux derniers autodafés programmés en Espagne, un pèlerinage en Andalousie pour lécher les larmes coupables des vierges et des christs, une escapade vers le Levant pour scruter l'horizon d'autres civilisations, un long arrêt dans l'empire de Dali et de Gaudí, la Catalogne, une escapade vers le nord pour suivre avec compassion les pas des pèlerins de Compostelle. Sa carrière ? Une promenade pour montrer au dieu qui a assujetti son peuple qu'il possède un corps et une âme indestructibles. Tomas-Moctezuma est intouchable. Ce n'est pas à l'hôtel qu'il abandonnait son corps avant de se rendre aux arènes, mais sur la pyramide de la lune. Jose Tomas est parti, vers l'Ouest, pour y rejoindre Xipe Totec.

Assis, comme à son habitude, à la table de coin, juste entre le salon et le bar de l'hôtel Victoria, sous les photos de l'exposition permanente de Manolete, Gonzalito parle du dernier novillero qu'il a pris sous son aile protectrice. Celui auquel il croit, et dont il attend qu'il lui apporte, plus que la fortune, l'honneur d'être enfin un apoderado reconnu. Il l'aime cette table Gonzalito. Elle est tout à la fois son bureau et son domicile. Elle lui permet tout en étant un peu caché, de tout observer vers deux perspectives majeures : un œil vers la porte d'entrée, un autre vers l'accès au bar. Nul ne peut passer dans cet espace sans être fiché par cet homme qui a consacré une grande partie de sa vie à mesurer au centimètre près les capes de Curro Romero dont il fut l'emblématique valet d'épée. Parce que le Pharaon ne supportait pas que l'une de ses capes puisse être plus courte ou plus longue que sa norme. Il faut dire que les véroniques, qu'il égrenait avec une exceptionnelle majesté, étaient l'étalon de la beauté, et que comme l'esthétique en tauromachie se produit dans l'éphémère et la brutalité, elle ne peut exister qu'au millimètre près. C'est donc à l'aune de la magie de son artiste préféré que Gonzalito recherche à présent le torero dont il ne sera plus le serviteur, mais le maître d'œuvre. L'imprésario. Comme « les grands » ; ceux qui trient les propositions de contrats avec de multiples exigences, et dont il faut supporter les caprices. Le rêve secret de Gonzalito c'est bien de faire partie des ballets protocolaires qui animent, durant l'hiver, le hall de l'hôtel Victoria. Quand l'apoderado d'une illustre figura s'installe dans la suite du dernier étage, et accorde des audiences aux directeurs d'arènes qu'il fait d'abord mijoter au bar, sachant tout de leurs bavardages grâce à quelques espions qui transmettent vers le haut l'état de l'opinion. Ainsi s'élabore, durant l'intersaison, les cotes du marché.

— Combien « il » t'a demandé ?…

— Deux kilos de plus que l'an dernier… (Dans notre jargon, un kilo signifie un million de pesetas.)

— Deux kilos ?…

— Oui, deux kilos…

— Je chie sur sa mère…

Il le sait Gonzalito qu'il y a fort peu de chance qu'il soit un jour le prince qui occupe la suite du haut, mais avec la sagesse qui le caractérise il doit aussi penser qu'au moins personne ne « chiera sur sa mère». Finalement «sa table» est stratégiquement mieux placée : depuis son fauteuil il voit tout, chacun le salue et nul ne peut le dénigrer dans son dos.

— Hola Gonzalo, como te encuentras ?

— Bien, bien…

Et lorsque les circonstances le permettent, avec la dextérité d'un manipulateur de jeux de cartes, il sort de l'une des nombreuses poches de son éternelle chemise havanaise, une photo ou une coupure de presse.

— Regardez, don Manuel, celui-là… Celui-là il est sensationnel, il torée comme les anges.

Il énonce alors le nom de sa dernière trouvaille à laquelle il expliquera avec fierté le soir même que don Manuel a longuement regardé sa photo en disant : «Me gusta… si, me gusta mucho». Et puis se permettant un pieux mensonge, il ajoutera : «Don Manuel m'a même dit que tu lui ressembles…»

Le jeune torero, par timidité, n'osera pas demander à qui il ressemble, et Gonzalito laissera planer toutes les hypothèses. Puis annoncera pour conclure : «C'est sûr, don Manuel m'offrira pour toi un contrat.»

Enfin, considérant avoir correctement achevé sa journée d'homme d'affaires taurin, il entamera la tournée de son autre clientèle, celle à laquelle il vend des jambons, et qui lui permet, elle, de réellement gagner quelque argent. Il est ainsi fait Gonzalito : il vend des toreros et du jambon avec la même ardeur et la même poésie. En hiver, il gère aussi un autre commerce qu'il considère comme important : celui des paellas pendant la feria de Cali. Il a sa clientèle en Colombie où il exporte des grains de riz. Il va là-bas chaque mois de janvier y cuisiner les plats les plus typiques du royaume d'Espagne. Ses cocidos sont très prisés par la bourgeoisie du Nouveau Monde et, armé de ses louches et autres ustensiles de cuisine, il traverse l'Atlantique avec un esprit de conquête. Il joue le chorizo contre la mal-bouffe, le Gonzalito, et vante la qualité des glands que produisent les chênes d'Extremadura.

En été, sa grande spécialité c'est le conseil médical pour certificats de complaisance. Il devient le grand thérapeute des maladies diplomatiques, celles dont certains toreros ont un urgent besoin pour échapper à un engagement. Les diagnostics de gastro-entérites ou autres coliques néphrétiques n'ont plus de secret pour lui…

Cet homme est des plus aimables : c'est en rendant des services qu'il donne du sens à sa vie. Nul mieux que lui n'est capable d'organiser les voyages de cuadrillas aux Amériques. Il connaît tous les trucs pour économiser les excès d'équipage, et sait mettre les compagnies aériennes en concurrence pour tirer les meilleurs prix. Mais il ne considère sa mission accomplie que lorsqu'il est parvenu à remplir la first class de toreros ayant des titres de transport touristiques. Dans le secteur du tour-operator il aurait fait merveille :

— De Lima, où tu torées le 1er décembre, tu peux prendre un avion le 2 très tôt le matin. Tu arriveras à Quito à neuf heures. À l'aéroport, Ernesto t'attendra, il se sera arrangé pour que vous ne passiez pas par le service des douanes, et il aura préparé les sandwiches... Tu pourras donc faire le paseo à midi dans les arènes de Quito en t'habillant dans le coche de Marcelo...

*Le Petit futé* pourrait l'engager à prix d'or. Oui mais voilà, Gonzalito ce qu'il aime, c'est le frisson des capes de soie, et n'a jamais rêvé à d'autres destins que ceux concernant la gestion des carrières de toreros. Infidèles toreros, qui une fois parvenus aux portes du succès l'oublient en général sur le bord de la route qu'il leur avait tracée. Alors, avec une pesante amertume, il retourne à sa table, entre le bar et le salon de l'hôtel Victoria.

Il connaît aussi la publicité Gonzalito. La recherche du slogan destiné à illustrer la gloire escomptée de son dernier protégé c'est son Graal. Sa réflexion aboutit cependant toujours au même concept. Du genre, « Machin est une grande future énorme vedette ». Il le lit et le relit, son slogan. Puis il le fait lire à ceux qui, comme moi, s'arrêtent à sa table.

— Qu'est-ce que tu en penses ?... C'est bien, non ?... Vedette tout seul c'est pas suffisant... avec énorme devant...

— Si, si, esta publicidad esta perfecta.

Il ne comprendra jamais que les campagnes publicitaires sont destinées à faire des promesses aux autres. Il écrit ses slogans pour s'en convaincre lui-même. Comme les enfants écrivent au Père Noël. Mais il est tout à la fois l'enfant et le Père Noël, Gonzalito.

Deux mois que je n'ai plus été capable d'écrire dans ce carnet. Le plaisir du discours, avec sa fantaisie et son errance, s'oppose au discours de conquête qui doit exposer arguments et convictions. Le discours de séduction, lui, n'a pas de frontières. C'est le sentiment de liberté qui l'inspire. La démonstration est antinomique du rêve. Le propos poétique est riche de son inutilité, l'analyse, elle, est appauvrie par sa recherche d'efficacité. L'écriture, pour être un plaisir, ne doit exister que pour elle-même.

Pour concourir à la gestion des arènes de Madrid j'ai dû écrire durant plusieurs semaines. Quelque trois cents pages de démonstrations et d'explications. Écriture prise dans les filets aux mailles étroites du dogme que le discours a choisi pour objet. Écriture ligotée, bâillonnée par sa nécessité. Plus de fantaisie, plus de charme. L'écriture a elle aussi une date et un lieu de naissance. Un état civil qui lui confère une condition d'existence. C'est cette dernière qui élabore son éloquence.

Du concours de Madrid je n'ai qu'un résultat à attendre, et quel qu'il soit, il ne changera rien à mon âme. De ce que j'écris ici, j'ai beaucoup plus à espérer. Je dois donc reprendre cet exercice. Écrire. Doucement, modestement, timidement. Écrire comme on torée. Il faut également y consacrer du courage. L'harmonie se perd vite lorsqu'il n'y a pas suffisamment de pratique. Il faut « écrire de salon », répéter sans fin la même figure.

Il y a sur une place de Cartagena des Indes, une drôle de statue : elle représente une chaussure. Il faut se faire raconter son histoire. Dans cette magnifique cité habitait un homme qui parlait. Beaucoup ; dans tous les cafés. Ses propos fascinaient le peuple de Cartagena. Sur tout il avait quelque chose à énoncer, sans polémiques stériles. Il s'exprimait avec la justesse qu'apportent la poésie et la fantaisie. Les habitants de Cartagena décidèrent un jour qu'il y avait lieu de donner à cet homme les moyens de faire un voyage de par le monde, pour qu'à son retour, il puisse raconter… Dire ce qui se passait ailleurs. L'argent nécessaire fut réuni, et l'homme s'embarqua vers d'autres continents. Il mit plusieurs années avant de revenir dans sa ville. Enfin son retour fut annoncé. La population l'attendait : qu'allait-il raconter ?

Rien. L'homme garda le silence. Il tendit quelques feuilles de papier au représentant de la cité. Un poème était écrit : *Hommage à mes vieilles chaussures.* Plus personne à dater de ce jour ne put lui arracher le moindre mot. Peu à peu, l'homme glissa dans l'obscurité qui se trouve au cœur de toutes les villes. Dans le trou noir des collectivités. À sa mort, on décida d'ériger un monument à sa mémoire : une vieille chaussure.

Marcher vers le silence peut être une condition de l'écriture. Il faut sommeiller pour pouvoir rêver, et cesser tout combat pour aller à la rencontre de soi-même. C'est ce que vient de faire Jose Tomas. De son œuvre, il reste une zapatilla dont la semelle est teintée du sable ocre de la Maestranza de Séville et de celui plus gris de Las Ventas de Madrid. Il a subjugué et dominé le public de ces deux arènes. En cela se distinguent les plus grands toreros : ils rassemblent les publics dans le puzzle de leurs triomphes. Comme les empereurs, ils mettent tout le monde d'accord. Du Nord au Sud.

On me dit que depuis sa récente et inattendue retraite, Jose Tomas fait du bateau. Que seule la mer et ceux qui la fréquentent le fascinent. Voilà donc un torero qui rêve d'être un marin solitaire. Pour dompter les mouvements, et voguer vers le silence.

Extérieur nuit.

Une rue de Madrid proche de la Puerta del Sol, dominée par son emblématique horloge devant laquelle, chaque nouvel an, le peuple de Madrid festoie en écoutant les douze derniers coups de minuit. Il est environ quatre heures du matin. Un homme marche sur un trottoir. Mal accoutré, il porte une veste de pyjama blanc froissée sous un lainage mal ajusté. Il n'est pas rasé. Tout indique qu'il n'a pas dormi et qu'il est angoissé. Il s'arrête devant un établissement à la devanture éclairée. C'est un cyber-café dont une enseigne lumineuse mentionne: «Internet toute la nuit». Il hésite, puis se décide à entrer.

Intérieur nuit.

Un cyber-café de Madrid. Des écrans d'ordinateurs sont allumés, une vingtaine de personnages sont installés. Certains discutent entre eux, d'autres pianotent sur leur clavier, le regard rivé sur leur écran. Il est interdit de fumer en ce lieu, mais tous fument. Les personnages ont une apparence marginale. Le lieu semble échapper à toute norme. Les regards y sont vifs... Très vifs. L'homme au pyjama blanc qui vient d'entrer est perplexe. Il demande un code d'accès à la caisse. Il reçoit un ticket et paie. Il s'assoit face à un ordinateur, et essaie vainement d'actionner la machine. Par évidence, il n'est pas expérimenté. Un des personnages l'observe. Lui aussi est mal rasé. Il interpelle l'homme avec un fort accent étranger :

— Qu'est-ce que tu veux faire ?...

— Internet... Je veux Internet...

— Tranquilo... Pareces nervioso... No pasa nada, te voy a poner Internet...

Le personnage quitte sa place, et s'assoit derrière l'homme.

— Tiens, voilà mon numéro de code...

Le personnage rit :

— J'en ai pas besoin de ton code... Moi je sais faire marcher les ordinateurs sans payer... Sans code... Autant de temps que je veux. Je fais tout ce que je veux avec ces machines...

— Ah... Vraiment ? Tu sais réellement faire tout ça ?

L'homme au pyjama blanc est hébété.

— D'où tu es ?

— Je suis albanais.

— Qu'est-ce que tu fais ici ?

— Ici, on passe nos nuits… On est en contact avec le monde entier. Ici c'est… C'est la nuit des Albanais.

— La nuit des Albanais… C'est comme un titre de film… Vous… c'est qui vous ?

— Nous, c'est la merde. La marge. Le désespoir. La perdition… Nous, on est Albanais, Kosovars, ou Croates… Nous, on a été baisés par la guerre. On s'est barré, on est venu du côté riche de l'Europe pour y trouver du boulot. Mais du boulot y'en a pas. Tu vois, lui, là-bas ?… C'est un des meilleurs informaticiens de mon pays… Baisé. Foutu. Et toi ?…

— Moi… Je suis Français…

— Alors tu as des papiers…

— Oui… Enfin… Oui, je réside à Madrid. Quel âge as-tu ?

— Trente. J'ai trente ans.

— Et bien, tu vois, quand tu n'étais pas encore né, moi j'habitais déjà à Madrid… Enfin, comme toi, SDF… Précisément dans ce même quartier… J'ai dormi dans toutes les rues de ce quartier…

— Et tu es encore SDF ! Depuis plus de trente ans… T'es pas très bon mon vieux…

— Non, ce n'est pas exactement ça. Aujourd'hui j'ai une belle piaule. Près d'ici. Un duplex, près de trois cents mètres carrés… Je suis content. C'est très bien…

— Tu déconnes ou quoi ? Trois cents mètres carrés dans ce quartier… Au prix du mètre… Tu es blindé. Et t'as pas d'ordinateur chez toi ? Tu n'es pas clair toi…

— J'ai un portable… Mais ça ne va pas assez vite…

— Assez vite ? Mais qu'est-ce que tu veux ? Des gonzesses ?

— Non… Non, ce n'est pas ça. C'est un concours… Les autres… Ils me baisent, les autres. Ils trichent. Ils foutent des points d'un seul coup. Tu comprends ?

— Non…

— D'un seul coup… Cette nuit, vers une heure, ils sont passés de 4 % à 27 % en une seconde ! Comment cela peut-il être possible ?

— Ça dépend de la valeur du point… Il est à combien le point ?

— J'en sais rien.

— Et tu veux gagner ton concours sans connaître la valeur du point… Bon, on va commencer par là. Après on agira. On a les moyens. Tu vois tous les mecs ici… Ils sont à moi. Je les mets sur les bécanes et on y va. On va le gagner ton concours ! Mais au fait de quel concours il s'agit ? Qu'est-ce qu'on gagne ?

— C'est compliqué… C'est difficile à expliquer…

— Tu veux un café ? Viens.

Les deux hommes se lèvent. L'Albanais a pris la situation en main. Il possède un atout majeur :

la technique. Et l'homme au pyjama blanc, c'est clair, c'est de technique dont il a besoin. De technique, pour gagner son concours…

Extérieur nuit.

Une rue de Madrid proche de la Puerta del Sol. Deux hommes marchent sur un trottoir. Il est environ cinq heures du matin. Ils entrent dans un café. Ils fument. Beaucoup.

Intérieur nuit.

Dans un café :

— Alors, ton concours ? Raconte.

— C'est le concours de ma vie…

— Mais la vie, c'est pas un concours !

— La vie publique c'est toujours un concours permanent, avec les autres. Avec les valeurs des autres, et les moyens des autres…

— Et bien c'est simple, t'as qu'à pas jouer avec les autres si ça te plaît pas…

— Ouais…

— Alors, c'est quoi ce concours ?

— C'est pas un concours… C'est un sondage sur le concours. Il faut être le meilleur sur la question : « Qui pensez-vous qui va gagner le concours ? »

— C'est kafkaïen ton truc… Un concours pour savoir qui va gagner le concours… C'est *Le Procès* ton concours…

— T'as raison… Mais je veux être jugé. Je veux mon procès…

— Et bien on va t'aider à le gagner ton concours pour savoir qui va gagner le concours… Viens.

Intérieur nuit.

Dans un cyber-café de Madrid. Des écrans d'ordinateurs sont alignés… Il est cinq heures trente. Un personnage qui a un air de métèque est suivi par un homme qui porte une veste de pyjama blanc. (Il a ôté son lainage.) Le métèque appelle tous les hommes présents dans le lieu.

— Allez les mecs, on y va. Il faut qu'on gagne le concours du concours… Pour lui… Je ne sais pas qui il est, mais on va gagner pour lui. Il a trop l'air d'en avoir besoin. Donne l'adresse. L'adresse du concours…

L'homme au pyjama blanc demeure évasif.

— Alors merde, l'adresse ?

— Oui, oui… C'est www.mundotoro.com.

— Mundo… quoi ?

— Mundotoro… Toro… Toro… Toro…

— L'homme au pyjama blanc semble avoir totalement perdu sa contenance. Il continue à crier : « Toro ! Toro ! » L'Albanais le secoue violemment, l'assoit sur une chaise : « Ferme ta gueule ! », hurle-il. Puis, tel un virtuose, d'une seule main, l'Albanais tape l'adresse sur l'ordinateur. Sur l'écran apparaît une page d'accueil.

— Alors, c'est où ? questionne l'Albanais.

— « Polémique »... Cherche « Polémique ».

— Ça y est. J'ai trouvé... Il y a un camembert... Toi... Tu es qui toi ?

— Moi... Moi c'est Banf. Banf 2000... Combien j'ai ?

— 15 %... Y'en a deux devant toi : Toresma 17 % et Ruedo Madrileno 22 %.

— Ce sont des enculés. Ils ont triché. Hier soir j'étais devant. Ils trichent tous ces enfoirés !

— Et bien triche aussi gros con, et ferme ta gueule.

L'Albanais s'adresse aux autres :

— Allez les mecs ! Tous à vos bécanes. Vous cliquez Banf 2000, puis vous sortez, puis vous entrez... enfin, vous savez. Allez, on y va, il est capable de crever celui-là...

Intérieur jour.

Le cyber-café. Huit heures du matin.

— T'es content ?... Tu as 42 %. Ça va 42 % ? Dix points de plus que le second. C'est bien non ?... Et on va t'y tenir. S'ils attaquent, on contre-attaque... La guerre, nous, on connaît. Va dormir. Tu es protégé par les Albanais... Allez, vas-y. Va dormir.

L'homme au pyjama blanc sort du cyber-café.

Extérieur jour.

Huit heures trente du matin. Une rue de Madrid proche de la Puerta del Sol. Un homme marche habillé d'une veste de pyjama blanc. Il demande du feu à un couple de passants. « C'est plus possible Madrid, dit la femme en s'éloignant, il y a des drogués partout… »

Intérieur jour.

Neuf heures du matin, à Madrid, dans un appartement à l'apparence luxueuse. Un homme en pyjama blanc regarde par un vasistas les toits de la capitale espagnole. Il cherche du regard… Il cherche les arènes. Les arènes de Madrid. Il ne les trouve pas… Il va s'asseoir à sa table de travail, et commence à écrire. Une petite fille qui vient de se lever s'approche de lui :

— Papa, pipi popo…

— C'est bien ma chérie… Pipi popo… C'est bien ça.

L'homme écrit : « C'est dans la marge que j'ai commencé, et c'est dans la marge que je finirai. Cette nuit j'ai rencontré des Albanais, ils avaient des regards de loups. Ils étaient des loups… »



Intérieur jour.

Dans le cyber-café proche de la Puerta del Sol. Dix heures du matin. Face à un écran, un homme, petit et chauve, boit un café et grille une clope. Il est de garde. C'est une sentinelle albanaise qui surveille un camembert. On lui a dit « s'ils attaquent, tu réponds… Et s'ils attaquent trop fort, tu réveilles tout le monde ».

Dans un lit de deux mètres de large, l'homme au pyjama blanc s'endort peu à peu. Il grommelle : « Merde, merde… Et merde alors !… »

L'inexistence de Dieu me fut révélée par une poupée à laquelle j'avais coupé la tête à l'âge de cinq ans. On me l'avait offerte pour Noël. Cette fête m'apparaissait déjà comme un rituel injuste qui mettait en évidence les inégalités dans la répartition des offrandes et des plaisirs. Ni Papa Noël, ni cadeaux, ni petit Jésus… Cette fête était bien celle de tous les mensonges.

Pour tester la réalité du divin j'avais décapité ma poupée en me disant que, si le bon Dieu existait, sa tête repousserait. Quelques mois plus tard j'ai mis un point final à mes espérances mystiques. Pas de tête, pas de foi. Et j'en suis resté là de mes postulats théologiques.

J'ai à présent deux petites filles. Dans ma maison, il y a de nombreuses poupées. Noël approche et je commence à expliquer à Dora que le Père

Noël bientôt passera. Je ne suis plus coupeur de têtes de poupées.

Je me suis agenouillé devant une « Barbie qui fait du ski » et un gros poupon qui fait pipi… Je sens que ça vient. Mes filles ont besoin de moi. Le don de soi : tout est là. L'amour quoi… et patati et patata.

La fin de l'année approche. Cesar Jimenez est revenu aujourd'hui du Pérou avec l'un des trophées les plus enviés par les vedettes de la corrida : le Scapulaire d'Or de Lima. Depuis le mois de février, je raconte dans ce carnet que le petit Cesar deviendra grand. Ça s'est passé. En six mois. C'est cela qui fut pour moi le plus important de cette temporada. Croire au talent et œuvrer pour l'aider à se développer. C'est ce qu'il y a de plus fascinant dans mon métier. Imaginer, projeter, rêver…

La loterie de Noël est un rituel auquel personne n'échappe en Espagne. Ce gros lot à gagner est l'espérance de l'année. Loterie nationale, espérance nationale. J'ai acheté moi aussi un billet. Comme je l'avais fait pour ma poupée, je l'ai décapité. Je l'ai déchiré en me disant que s'il repousse, le gros lot sera pour moi. Sainte Barbie priez pour moi. Et patati et patata.

C'est bien Madrid la nuit. Surtout quand il pleut. Avec un parapluie, on ne se mouille pas.

Ça s'est passé. Un peu plus tôt que prévu. Mais ça s'est passé : Cesar Jimenez nous a quittés. Nous a abandonnés.

Lorsque j'ai commencé à remplir ces carnets, au début de la saison tauromachique 2002, j'y notais dans le désordre quelques anecdotes, souvenirs et sentiments. Puis je me suis rendu compte qu'il existait un fil conducteur entre mes textes : Cesar Jimenez.

Hier encore j'écrivais que l'élaboration de son début de carrière avait été pour moi le fait le plus important de la temporada écoulée, que grâce à lui, j'avais vécu le luxe de pouvoir imaginer, projeter et rêver…

Après sa prestation dans les arènes de Nîmes au mois de février, je commentais dans ces pages que c'est avec leur cœur que les toreros toréent, et que

Cesar avait cette rare faculté de savoir regarder son destin de face.

Cesar n'a pas 19 ans. C'est un gamin. N'ayant pas d'autonomie pour gérer sa vie il a auprès de lui ce que dans notre profession nous appelons avec dérision un « gourou ». C'est-à-dire un individu qui depuis l'adolescence influence l'aspirant torero, et le plus souvent décide de tout à sa place. En particulier du choix des personnes chargées de diriger sa carrière. Le milieu taurin a subi cette mutation sociologique : tous les jeunes toreros ont un papa, un cousin ou un gourou. Généralement ces derniers ne connaissent pas notre métier.

Tous procèdent de la même façon : ils découvrent un jeune apprenti torero dans une école taurine, puis vont l'offrir à un professionnel capable d'organiser et planifier le début de sa carrière. Parce que cela le gourou ne sait pas le faire. C'est donc un apoderado qui fait le boulot : ultimes préparations techniques et psychologiques, entraînement chez les éleveurs, programmation dans des arènes de prestige, communication et fabrication d'une image de marque, investissements financiers. Puis intervient la chance. Dans notre métier c'est un facteur déterminant. Elle ne sert à rien sans talent, mais sans chance le talent demeure improductif. Il faut que le bon toro sorte à la bonne date, dans la bonne arène, et qu'il n'y ait pas de vent, et qu'on le tue bien… Il faut que le torero n'ait pas eu la veille une rage de dents, et que, s'il se fait accrocher, seul son costume soit déchiré. Et il faut que ces miraculeuses conditions se répètent plusieurs fois sans discontinuité. Alors une importante carrière commence à se dessiner. Beaucoup sont les prétendants, mais il y a peu d'élus.

Arrive le moment d'agir pour le gourou. Durant la phase de promotion de son protégé, il a eu le besoin d'utiliser d'autres compétences, et en a ressenti le plus souvent de nombreuses frustrations. C'est l'apoderado qui gagne le prestige et l'argent, ce qui est normal puisque c'est lui qui investit moyens et savoir-faire. Le gourou attend son heure : celle de la trahison. Elle va lui permettre, à la faveur d'un changement d'écurie, de négocier sa part du profit. C'est pour cela qu'El Juli a abandonné son apoderado, Victoriano Valencia, dès la première année suivant son alternative. C'est pour la même raison que Jose Tomas a laissé sur le bord de sa route Santiago Lopez qui l'avait découvert. De même pour Enrique Ponce et Jesulin qui ont délaissé Manuel Morilla ; Pablo Hermoso de Mendoza qui a renvoyé aux oubliettes Julio Fontecha… La liste est longue. L'histoire se répète, et les exceptions sont rares.

C'est pour cela que Cesar Jimenez nous quitte aujourd'hui. Son gourou, un médiocre banderillero, veut pouvoir exister. Tel était son rêve, le moteur de sa patience. N'avait-il pas déjà trahi Victorino Martin le « nez » qui avait le premier senti le talent de Jimenez ?

Rien d'étonnant donc à ce qui vient de se produire. J'avais observé dans le regard du gourou les feux de la trahison. C'était juste avant leur départ pour Lima, il y a trois semaines. Retenu à Madrid, j'avais demandé à mon associé d'accompagner le torero en Amérique. J'avais dit à Enrique qu'il soit attentif au gourou. Je lui trouvais une attitude de serpent, et je soupçonnais une très prochaine morsure venimeuse. J'avais aussi capté dans le regard de Cesar l'apparence d'un voile… Celui d'une inquiétude et d'une culpabilité. Ils sont le plus souvent ainsi les toreros : héros dans l'arène et pleutres dans l'existence. Comme si à tout livrer de leur énergie face au toro, il ne leur en restait aucune à consacrer aux combats de la vie. Au fond, cela me paraît logique. Ils ne doivent après tout que peu de choses aux autres. Ils s'appartiennent légitimement à eux-mêmes. D'autant plus que, dans notre métier, on ne signe généralement pas de contrats. Notre activité est d'origine rurale, et la parole c'est le contrat. Mais les temps ont changé, et de nos jours les paroles s'envolent… Notre société présente par ailleurs son désordre des valeurs, et donne aux jeunes gens de mauvais exemples. Les toreros n'ont ni le temps ni les moyens intellectuels de s'interroger beaucoup. Ce sont les gourous qui pensent et décident à leur place.

Demeure un autre élément : l'autre traître. L'apoderado professionnel qui se prête au jeu du gourou et accepte, contre toute déontologie, de partager ses commissions avec lui. Mais le profit et le pouvoir sont les objectifs de toute entreprise. Peut-on être romantique et homme d'affaires à la fois ? La réussite financière et sociale est un combat qui ne peut pas s'embarrasser de sentiments.

Personnellement, je préfère jouer dans un registre qui s'inspire davantage de *L'Éducation sentimentale*. Mon existence romantique continue. Cesar est un grand torero. La réussite, il l'a déjà, je lui souhaite à présent du bonheur. La faena de la félicité demeure la plus difficile parce qu'elle se réalise dans l'arène de l'âme.

Une âme bien forgée c'est ce qu'ont possédée en particulier El Viti et Joselito. Rares toreros ayant eu durant toute leur carrière quasiment le même apoderado. Joselito est un fin torero et un homme délicat. J'ai longuement parlé avec lui ces jours derniers. Il m'a dit qu'il aimait écrire dans sa chambre juste avant de toréer. Qu'ainsi il pouvait évacuer sa peur. Juan Belmonte parlait à sa peur, Joselito lui écrit…

Des Nègres Blancs. Nombreux ont été les toreros français à être des Nègres Blancs, comme Coleman le personnage principal du magnifique roman de Philip Roth *La Tache.* Blancs, c'est-à-dire toreros, comme tous les toreros. Avec des costumes de lumière et des superstitions. Noirs, c'est-à-dire pas espagnols du tout. Ni même, le plus souvent, originellement français. C'est mon cas, et pratiquement celui de tous les jeunes qui furent les fondateurs du Mouvement des toreros français dans les années soixante, soixante-dix. Identités traumatisées, parfois difficiles, voire impossibles à avouer. Donc choix d'une vocation dont l'une des spécificités tient précisément à l'enracinement. À l'origine. L'être torero légitimé par l'endroit où il est né. Historiquement porter le nom de sa cité comme patronyme artistique a toujours été recherché. Manuel Benitez El Cordobes… de Cordoue. Morante… de la Puebla. Faire des passes comme on balaie devant sa porte, pour effacer les traces de pas qui nous y ont amené. Comme Morenito d'Arles, Rachid Ouramdame qui n'est pas que d'Arles… Se jouer la peau pour pouvoir s'en tanner une. Dure. Invulnérable. Intachable. Une peau bien à soi.

Je lisais *La Tache* de Philip Roth sur une plage du Pacifique au Costa Rica. Quasiment en face de Cali. À l'ombre des cocotiers. Les vagues sont hautes, violentes et coquettes. Le bruit sourd de leur roulement sur le sable m'apportait chaque jour les dernières nouvelles taurines. J'aime assister à la feria de Cali depuis le Costa Rica. Triomphe de Castella : « torero français » de mère polonaise, et à l'allure andalouse. Bel homme, beau torero, qui diffuse une inquiétante magie. Et cependant totalement « taché », caché… Triomphateur. Castella est l'un des trois meilleurs toreros français de notre histoire taurine. Un autre homme avait annoncé Sébastien il y a trente ans : Lucien Orlewski dit Chinito. Torero français de mère vietnamienne et de père polonais. Lucien Orlewski qui s'appelait le Chinois. Sacrément taché lui aussi. Un Chinois Blanc… Comme moi : papa polonais, mère turque… Et bien d'autres ethnies qui s'entrechoquent. Moi être un très grand Nègre Blanc, mal planqué depuis quarante ans !

Triomphateur de la feria de Cali, Castella. C'est bien pour lui, il le mérite. Il a même « mis le bain » à Cesar Jimenez qui n'a pas eu en Colombie la chance à laquelle il nous avait habitués depuis quelques mois. Chance ? Non, travail. Cesar est psychologiquement très fragile. Le principal de mon travail consistait à lui permettre de l'aider à trouver ses équilibres vitaux. Ce qui n'était pas facilité par l'usurpateur qui se prétend son protecteur. Incapable d'élaborer les portées de l'âme sur laquelle Jimenez doit toréer. C'est à coups de claques dans la gueule que le divin protecteur de Cesar prétend régler ses problèmes ! Cet allumé règle en fait les siens. Que de fois, au cours de l'été écoulé, j'ai dû consoler le jeune torero en larmes parce qu'il avait été frappé et insulté. Cela paraît incroyable, mais torero maltraité cela existe. Un jour il me faudra m'étendre sur cet aspect des choses taurines. Taché aussi Cesar. Sali. Plutôt comme Faunia (autre personnage central du livre de Philip Roth) que comme Coleman… Nous sommes tous tachés, pas exactement de la même façon. Un grand écrivain, Philip Roth. Il m'a accompagné dans tous les carteles à la feria du Costa Rica. Et bien franchement, je préfère, et de loin, cette tauromachie-là.

Mais le génie des grands toreros – tel Jose Tomas ou Joselito – c'est qu'en chacun d'eux un écrivain sommeille. Un écrivain torée. Un écrivain coupe les oreilles. Et les queues. Un écrivain qui *chaque jour s'éveille pour réaliser cet être dont il est l'auteur.* Ainsi Roth définit-il Coleman. *Son livre était déjà écrit – c'était sa vie.*

Matias Tejela vient de me rejoindre en ce début de saison. Ce novillero va devenir très rapidement l'une des principales vedettes de l'actualité. Il possède toutes les qualités pour cela. Me voilà donc apoderado heureux avec Matias qui va prendre l'alternative à Valencia, Ivan Garcia qui, lui, la recevra à Castellon (et qui continue à dormir avec ses socquettes aux pieds, parce que lorsqu'il était petit il avait peur d'être frappé durant son sommeil. Il se couchait avec ses socquettes pour pouvoir s'échapper et sortir de son lit en courant...). Pas très clair non plus Ivan... Je l'adore. Malgré ses socquettes il a plus de majesté que certains rejetons de noblesses défroquées. Je crois en lui : grâce à ses socquettes il va devenir un torero célèbre...



Et puis, depuis quelques jours, il y a Ismael. Ismael Lopez. Sorti premier de l'École taurine de Madrid en 2002, il attaque très fort son début de carrière professionnelle. Il m'a demandé de le manager. Certains jeunes toreros semblent avoir besoin de moi. Ils doivent savoir que dans les callejons je feuillette Philip Roth, et quelques autres.

Que donc je m'y entends un peu en « taches ». En ambitions… et autopunitions. J'aime être apoderado. De la tauromachie, ce qui me passionne ce sont les faenas cachées, dissimulées dans l'intimité des toreros. De leur identité. Passes enchaînées comme des mots pour former des phrases, élaborer les discours secrets qui s'étirent… Des molinetes pour que l'on se cache dedans. Des passes de la firma… Signature. Comme les noms des toreros pochés à l'encre noire au dos des capes.

Sur la piste, des taches. De sang. Ou peut-être d'encre. Qui sait ? D'encre et de sang, ainsi me plaisent les taches. Ainsi me plaisent les pistes. Tachées.

Antonio Vasquez m'a averti : « Matias Tejela n'est pas immédiatement communicatif… Il peut même te paraître quelque peu antipathique… mais je pense que sur le fond il est bien construit… » Antonio me connaît, il sait que j'ai besoin d'avoir un bon contact humain avec les toreros que j'apodère ; ses avertissements préalables à ma rencontre avec Tejela m'inquiétaient un peu.

Arrivé chez moi, à Madrid, Matias s'est assis sur un sofa. Il m'a a peine regardé. Son regard s'est fixé sur ce qu'il y avait devant lui : la rampe métallique d'un escalier intérieur. Il aurait pu regarder un tableau représentant Joselito El Gallo qui était accroché juste au-dessus. Mais non, c'est sur le métal que Tejela s'est fixé. Il ne parle pas, et répond à peine, par des signes confus, à ce que je lui raconte. Pourtant c'est important ce dont je lui parle. Il s'agit de sa prochaine alternative à la feria de Valencia.

— Ce matin je l'ai négociée avec l'empresa... Le cartel me plaît. C'est Damaso Gonzalez qui te donnera l'alternative pour sa réapparition, avec Joselito comme témoin... Bon cartel non ? Il te plaît ? Avant tu auras toréé plusieurs novilladas de catégorie importante... À Nîmes, à Bilbao... et tes adieux de novillero quatre jours avant ton alternative à Valencia... c'est bien non ? avec une novillada de Daniel Ruiz... C'est un bon élevage... La semaine suivante tu seras programmé à la feria de Castellon dans un cartel de luxe... Demain je téléphonerai à Canorea pour commencer à négocier Séville... Puis tu confirmeras ton alternative à Madrid... Avec tout ça, tes capacités, et un peu de chance, tu seras une vedette rapidement... Sois heureux...

C'est ce mot-là qui le fait réagir : heureux.

— Comment voulez-vous que je sois heureux... trop de responsabilités... le bonheur des toreros c'est un cliché, un lieu commun. Celui qui veut réellement devenir une figura ne peut pas être heureux... parce que celui-là vit dans la peur. Ceux qui n'ont pas peur sont ceux qui ne pensent pas se la jouer... moi je vais me la jouer, alors j'ai peur. Et comme j'ai peur je ne peux pas être heureux. Dire le contraire serait mentir. Et puis il faut que vous compreniez : je n'ai pas fait d'études. À part toréer je ne sais rien faire. Je n'ai pas envie de me retrouver barman dans le bistro de mon père. J'ai pas d'autre sortie : il faut que je sois torero… il faut absolument que je devienne une vedette. Je vais devenir une vedette… Vous comprenez pourquoi j'ai peur ?…

C'est clair : Matias Tejela veut me parler d'abord de sa peur. Il a besoin que je sache. La peur. La grande, la vraie, la trouille, celle qui empêche de dormir, qui taraude notre quotidien, qui colle à la peau, qui gonfle la tête… La peur, quoi.

Enfin il dévisse son regard de la rampe d'escalier métallique. Il tourne la tête vers moi et me regarde vraiment pour la première fois. Il me demande une réponse, il faut qu'il sache si je l'ai bien compris. C'est ma réaction qui l'inquiète à présent. Qui lui fait peur…

— Tu aimes les restaurants italiens ?

— Oui, c'est pas mal…

— Bon alors allons-y, juste à côté il y en a un qui est bien.

On sort, il fait froid. Lui est vêtu comme au printemps. En marchant, il me raconte ses prestations à Madrid d'où il est sorti deux fois en triomphe lors de la saison écoulée. En marchant il torée. Il fait de grands gestes pour m'expliquer les détails de ces faenas-là. Son visage s'éclaire, son buste s'étire vers le haut. Son regard lui aussi s'élève.

— Vous comprenez, c'est bon, très bon, quand on se l'est fait passer plusieurs fois près de son ventre, et que l'on sent que l'on peut avec lui, qu'on le domine, qu'on rythme sa charge… et que le public le ressent aussi… et que tout fonctionne. Qu'on sent monter le triomphe. À Madrid. Vous vous rendez compte, à Madrid… Triompher à Madrid. Il n'y a rien de meilleur au monde. On se sent grand, puissant… Heureux…

En lâchant le mot heureux il s'arrête de marcher, et me regarde avec perplexité.

— Heureux, lui dis-je… Tu vois c'est ça, la peur : le prix à payer pour le bonheur. Et dis-toi bien que tous ceux qui veulent être heureux doivent le payer avec de la peur. Avec des prises de responsabilités, des engagements. Tu sais pourquoi tu ne veux pas être barman dans le bistro de ton père ? Parce qu'une vie sans peur t'ennuierait. Elle serait aussi sans bonheur, et tu le sais. Ce n'est pas le toro qui fait peur, c'est le torero qui se fait peur. Tu l'as dit toi-même, le torero qui n'est pas prêt à se la jouer n'a aucune raison d'avoir peur. Parce qu'il n'a aucun prix à payer.



On commençait à se comprendre. On a continué à parler de peur et de bonheur en mangeant des raviolis à la sauce tomate. Plus de bonheur que de peur. Matias était à présent décontracté. Il m'avait livré son secret : « J'ai peur ». Ce secret est celui de tous les toreros, et au fond leur véritable question est de savoir si les autres aussi ont peur. Ce qu'ils veulent savoir c'est bien cela : « Dites-le moi vous qui en avez connu beaucoup, les autres aussi ont peur ? Autant que moi ? » Ce qu'ils craignent vraiment c'est d'être seuls à avoir peur. Là se situe toujours l'angoisse : dans la solitude.

Une nouvelle saison taurine commence. Comme toutes les autres, on se construit des paradis. Artificiels ? Hier, pendant que je discutais avec les impresarios de Valencia dans le salon de l'hôtel Wellington, « l'ami qui me voulait du bien », celui qui m'a volé Cesar Jimenez est passé dans mon dos…

Alors arrive le moment où il s'éloigne brusquement du toro d'une petite course qui le place à une trentaine de mètres de l'animal. Là il s'arrête, baisse la tête et s'élève très lentement sur la pointe des pieds. Son regard s'accroche au sol. Il respire lentement et fort, comme s'il devait s'emplir d'oxygène. Quelques mèches de cheveux noirs de jais, enduites d'une éclatante brillantine, fouettent son visage peigné d'une expression de totale inspiration. Son menton s'enfonce dans sa gorge, on imagine que ses pectoraux, les muscles de son cou et ceux de ses épaules, se durcissent comme s'il s'agissait que rien, absolument rien, ne puisse s'échapper de son corps. Comme si en lui existait un oiseau prisonnier qui cherche à s'envoler.

En quelques secondes, ainsi figé, et les bras totalement déroulés, il subit une métamorphose qu'il nous expose : Javier devient un aigle noir... Le voilà déployant légèrement sa muleta... Son aile rouge. Il lui imprime de courts, légers et lents va-et-vient, mus par de discrets déclics du poignet. Il semble ne plus respirer et tester, par d'imperceptibles mouvements, ce qui va lui permettre l'envol. On en a oublié le toro qu'il a délaissé tel un vampire qui, ayant abandonné quelques instants sa proie, va, avec un nouveau désir, se coucher sur elle, l'envelopper et s'accoupler dans une folle et maudite étreinte. Le public ressent à la fois désir et gêne. Tous semblent comprendre que ce qui va se produire relève du plus intime. D'un exhibitionnisme sexuel. Javier Conde, on n'en doute plus, va faire l'amour au toro. C'est sûr... C'est impudique... C'est beau. Alors, par de petits pas, commence le bal. Car il danse. La tête toujours enfoncée dans sa poitrine, le regard perdu en lui, ses jambes l'entraînent harmonieusement, dans une lente tentation de violence, en direction de la bête. L'aigle parade. Il défie le paon. Ses plumes à lui ne sont pas tachetées d'ocelles, il ne criaille ni ne braille. Lui, il est un rapace amoureux, et son aire est l'arène où il déploie les rémiges de ses ailes. D'un geste imprévisible et sec, il pivote sur lui-même, déplacement totalement inhabituel dans l'instant qui précède l'action. C'est en général en s'éloignant, après une série de passes, que les toreros pirouettent. Lui c'est avant, dans la phase d'approche, celle où, inspiré, il semble avoir la révélation de ce qu'en quelques secondes il doit faire. Comme connecté au divin, porté par des forces surnaturelles. Alors, à présent situé à trois ou quatre mètres d'un toro subjugué lui aussi par ses audaces esthétiques, il propose, en la tirant sur le sol, comme une langue qui inviterait pour un profond baiser, sa muleta. C'est à cet instant, enfin, qu'il relève la tête. Avec lui, on respire à nouveau.

— Hé… Hé toro… Ven aqui querido mio… Ven toro. Ven.

Ne pouvant résister à un tel appel, l'animal s'engouffre dans l'étoffe. Le corps de Javier se bande et s'étire. Le spectateur se fait voyeur, c'est à un coït que l'on assiste. Conde en toréant excite les plus secrètes subtilités de notre âme…

La femme de Javier, Estrella Morente, chante divinement. Ces deux êtres semblent nés pour se rencontrer. Pour s'aimer. Il est pour elle ce que l'éclair est à un ciel d'été. Elle est pour lui la brûlure du soleil. Ces artistes ne sont que lumière. Éblouissante lumière. Javier Conde : torero.

En cette fin de janvier 2003, lui et moi avons décidé de nous promener ensemble cet été. J'irai donc en compagnie d'un loup – Matias Tejela –, d'une panthère blonde – Marie Sara –, d'un fin requin – Ivan Garcia – et d'un aigle noir. Ils paraderont face aux toros et, comme de mythiques démons, s'entretueront. À cinq heures dit Lorca… Enfin, je crois… Je ne suis plus vraiment sûr.

De quoi parlais-je, déjà ?…

Ce mercredi 5 février 2003, les femmes dansent entre elles sur la Plaza Mayor de Salamanca, l'une des plus belles du royaume d'Espagne. C'est la fête de Santa Agueda, les hommes en sont exclus. Ce jour-là, las aguedas commandent, et elles le proclament. Façon de faire remarquer que le reste de l'année, les hommes ont le pouvoir sur elles… Dans cette austère et magnifique cité dont peu de choses ont changé en dix siècles, les rires des aguedas et leurs visages aux expressions de dueñas asexuées, ont plongé mon esprit dans un tourbillon de mémoire. Hier, c'était aussi le 40e anniversaire de mon arrivée en Espagne. C'est directement à Salamanca que je m'étais rendu. Je savais qu'ici, en hiver, les toreros s'entraînaient dans les élevages, et que l'on trouvait là les apprentis toreros, les maletillas. C'était donc là qu'il me fallait aller. Je n'avais pas seize ans, j'avais abandonné dès le premier trimestre la classe de quatrième de mon collège avec une unique obsession en tête : aller en Espagne et y devenir torero. J'avais auparavant travaillé quelques mois à Nîmes. J'ai arrosé chaque matin des milliers de fleurs sous des serres, assisté au découpage de vieux wagons dans une gare de triage, apporté ma dérisoire contribution dans un atelier de réparation de télévisions… D'autres petits boulots, puis un jour enneigé de février, j'ai pris le large. L'Espagne, je n'avais rêvé qu'elle. Sans rien encore avoir analysé, c'était bien elle la terre de mes ancêtres. Ma terre promise.

Il y a quelques années, j'ai eu le privilège de prendre quelques verres en tête-à-tête avec le comte de Barcelone, père de l'actuel souverain d'Espagne. Nous avions beaucoup bu… Il me demanda de lui raconter mon « retour » en Espagne, ce transport de l'être vers son pays d'origine… Il me narra lui-même quelques souvenirs :
— Vous comprenez, me dit-il, j'étais exilé au Portugal. Franco m'interdisait de revenir en Espagne. Alors de temps en temps, je me faisais transporter en avion jusqu'à Barajas, l'aéroport de Madrid. J'avais le droit d'y atterrir, mais pas d'y descendre. Mais j'étais sur la terre d'Espagne !

— Parole de roi, lui avais-je dit… Jamais, monsieur, je n'ai entendu d'hommes politiques parler avec un tel souffle de leur pays… Il faut que monsieur sache que je suis républicain. Mais je dois reconnaître que monsieur parle comme un roi, et jamais je n'avais entendu parler un roi.

Le comte commanda encore deux whiskys et nous trinquâmes à « notre » terre d'Espagne.

Ce mercredi donc, après avoir embarqué les toros du Niño de la Capea dont aucun n'a opposé de résistance, nous sommes avec Pepe Limeno et Frédéric sur la Plaza Mayor de Salamanca. Pour célébrer l'anniversaire de ma venue en Espagne nous avons commandé un vermouth à la terrasse de la cafétéria Las Torres. Les aguedas dansent… Je me remémore cette époque où, pendant trois mois, je ne m'étais pas déshabillé tant il faisait froid. À Salamanca, dans ces années-là, la population était un brassage de curés, de militaires, de putes et d'apprentis toreros. La cohabitation y était cependant parfaite : les militaires saluaient les curés (qui portaient magnifiquement la soutane), les putes vivaient des militaires et hébergeaient les jeunes toreros, qui eux-mêmes allaient se confesser… Tout un écosystème.



Le barrio chino (le quartier cochon) était le refuge des maletillas. Les putains leur offraient à manger, et parfois, en cas de nécessité, le dormir. Elles avaient les seins hospitaliers, les putains de Salamanca. Les juke-box hurlaient la chanson à la mode : *Ce toro amoureux de la lune.* Et moi je croyais que c'était vrai, que les toros pouvaient réellement être amoureux de la lune, et, surtout, que la lune pouvait se laisser aimer par eux... Salamanca fut pour moi l'équivalent de Saint-Germain-des-Prés pour les jeunes artistes du siècle dernier. J'y ai eu la bohême flamenca. Qu'ils étaient beaux ces petits matins en pleine campagne, quand, à la recherche de tientas dans les élevages, nous écoutions l'horizon pour essayer d'y distinguer le son des cloches pendues aux cous de cabestros, ces bœufs qui conduisent les toros lorsqu'on les déplace. Si ces cloches tintaient, c'est que l'on triait des bêtes dans une finca proche. On préparait donc une tienta. La nature, jusqu'à onze heures, était recouverte de givre. Le campo était blanc à perte de vue. J'aime cette région d'élevage avec ses petits vallons couverts de chênes. On y ressent, même les nuits les plus froides, la chaleur d'une authentique et ancestrale ruralité. Les siècles semblent ici s'être écoulés sans rien altérer. Les habitants sont profondément sincères : il y a moins de frivolité dans les régions du Nord, et plus de vérité.



J'avais participé à une novillada dans les arènes de Nîmes avec Pedro Moya Niño de la Capea, en 1971. Il triompha, je fus désastreux. Je me souviens que Paco Camino assistait depuis le callejon à cette course. Le novillo me désarma ; j'engageai une fuite désespérée vers le refuge d'un burladero. Me retrouvant face au maestro, je lui demandai haletant :

— Que faut-il que je fasse ?...

— Tue-le, me répondit-il, si tu le peux...

Ah, je le savais déjà que je ne pourrais pas être torero, que c'était ailleurs et à d'autres tâches qu'il me faudrait employer mon courage. Mais le Niño de la Capea, lui, devint une grande vedette. Il est à présent un excellent éleveur de toros bravos. Il cultive avec succès un sang qui avait été délaissé, celui de Murube.

Une fois achevé l'embarquement de ses toros, destinés à l'alternative de Salvador Vega dans les arènes de Nîmes, Pedro nous invite à prendre un verre de vin. Car à Salamanca, on boit du vin rouge qui accompagne du jambon rouge, près de feux de cheminée qui teintent aussi de rouge les joues. Pedro a envie de parler, ce qui n'est pas fréquent chez cet homme que sa nature porte à une discrétion distinguée :

— Le faire passer où l'on veut... Il faut avoir ce pouvoir : faire passer le toro exactement par là où l'on veut. Alors quel plaisir ! Pour cela il faut oublier le public. Il ne faut pas rechercher son approbation, ses olés. Il faut toréer pour soi-même ; il ne faut avoir d'exigence qu'en fonction de soi-même. Alors parfois on y parvient : « Il passe où je veux ! » Cela n'arrive pratiquement jamais. Moi, j'ai participé à 1 700 corridas, j'ai donc combattu plus de 3400 toros, et ils sont passés exactement, très précisément, là où je l'ai voulu à peine quatre fois. J'ai vraiment dominé quatre toros sur 3400… Ce sont les seuls que j'ai pu regarder réellement dans les yeux. De regard à regard. De pouvoir à pouvoir. Durant leur combat, je n'ai pensé à rien d'autre qu'à moi. J'ai toréé pour moi. Que pour moi. Et ils sont passés là… Là où j'ai voulu. Exactement, au millimètre près, là où je l'ai voulu. Je ne connais pas de plus grande satisfaction… Tu le vois, il est haut, arrêté face à toi. Tu le cites doucement en avançant la muleta, il s'élève encore, ses pectoraux se gonflent. Tu as l'impression qu'il va te bouffer, t'écraser, te déchiqueter… Puis il charge. Et là, du bout de l'étoffe, tu accroches son attention. Il baisse la tête. Il ne te voit plus. Il ne regarde qu'elle, la muleta. Tu sens alors dans ton poignet une étrange force d'aimantation, comme un diabolique mécanisme qui te permet de prendre le pouvoir sur sa force surnaturelle. Il freine sa charge, tu freines tes gestes. Tu n'as plus de respiration. Tu l'aspires. Il entre en toi… Oui, il te prend, mais pas pour t'encorner, pour t'aimer. C'est vrai : on fait l'amour. Par là torito, viens par là, passe par là… Hé torito, vas-y, passe par là.

Dire qu'il y a des gens qui croient qu'on se bat… Qui croient comprendre ce qui se passe dans ces instants-là… trop intimes pour être accessibles aux autres. C'est un moment qui ne peut appartenir qu'à l'intuition de l'artiste. C'est une rencontre totale et absolue avec soi-même. Dans de tels moments, nous devenons autistes. Nous nous sommes échappés des sensations du monde. Nous sommes ailleurs. Autistes, tout à fait autistes…

Après de tels triomphes, à l'hôtel, on ne veut voir personne. Moi je demandais une omelette dans ma chambre et je la mangeais tout seul. Avec qui parler au retour d'une telle jouissance?… Seul, on ne peut être que seul. J'appelais ça « el triunfo de la tortilla». Le triomphe de l'omelette. Parce que j'en mangeais une, mais peut-être aussi parce qu'avec le toro on s'était mélangés… comme le jaune et le blanc… Fondus l'un dans l'autre. Liquéfiés l'un pour l'autre… Quatre fois, cela a dû arriver quatre fois. Pas plus.

Je crois bien qu'il nous a dit tout cela, le Niño de la Capea. Enfin, j'ai parfois la mémoire expansive… Est-ce la corrida que j'aime ou ce que je pense d'elle? Mais n'est-il point précisément là, le mouvement de l'amour?

J'achève cette nuit à Madrid, 7 février 2003, le carnet de notes sur la temporada 2002. J'ai toujours écrit la nuit. Attendre le lever du jour en écrivant, quoi de plus délicieux? Attendre un toro, pour le faire passer là où l'on veut.

À vingt ans, tout, même le plus fou, est possible. C'est ce qui arrive à Matias Tejela, tout lui est étrangement possible, parce qu'il a vingt ans. À Séville, il a été à un coup d'épée d'une sortie par la Porte du Prince. Un petit coup de lame… En tauromachie, on appelle le moment de la mise à mort « moment de la vérité ». El momento de la verdad. Ce que ne précisent pas les encyclopédies taurines, c'est qui dit la vérité. Le torero, en réussissant son coup d'épée ? Le toro, en encornant le matador – comme Islero à Linares qui tua Manolete ? Le public, en consacrant un vainqueur ? Dieu ? Mais quel jugement peut-il porter sur cette fête le bon Dieu ? « Le moment de la vérité »… La vérité est là : au moment de la mort. C'est cela que nous montrent les corridas.

Vingt ans. Une gueule de petit voyou ; un féroce appétit de vivre. Dans la chapelle des arènes de Séville, avant la corrida, je l'ai vu prier la Vierge en dansant. Oui, en dansant ! Magnifique ballet auquel j'ai eu le privilège d'assister. Il était habillé de blanc et or. De l'or, c'est ce qu'il veut gagner ; et vite. Le curé n'en revenait pas. Matias expliquait à la Vierge ce qu'il allait réaliser face au toro : « Je le prendrai d'abord par la droite, j'appuierai mes passes vers le bas pour l'obliger à baisser servilement la tête, pour qu'il comprenne bien que c'est moi qui commande. Puis, dès que mes tympans se seront agrippés aux olés, je sautillerai vers le centre de la piste où je prendrai la muleta dans ma main gauche… » Et il sautillait devant l'autel, Tejela… Puis il écarta ses jambes, son corps s'étira comme un râle, et il fit des passes naturelles. Là, devant la Vierge, sans pudeur : « Regarde, ma Sainte, ce sera tout à l'heure à peu près comme ça… » Et j'avais l'impression qu'en effet elle le regardait, la Vierge, qu'elle l'aimait, ce coquin de Matias.



Les Sévillans ont hurlé au sublime : sa faena, mal ponctuée à l'épée, fut d'une qualité rare. Il s'agissait seulement de sa quatrième corrida… La Vierge a dû effectivement l'aider. Comme Jose Tomas, il est de ceux qui oublient leur corps à l'hôtel lorsqu'ils vont aux arènes. Ils acceptent le pire : la mort. C'est pour cela que ces toreros sont difficiles à comprendre. Ce qu'ils font n'est pas humain. Comprendre; il n'a que ce mot à la bouche Matias. Comprendre…

Ivan avait-il enlevé ses socquettes pour dormir la nuit du 4 juin ? Le fait est que le lendemain, dans les arènes de Nîmes, il a triomphé sans pudeur aux côtés de Joselito et d'El Juli. Il voulait mordre tout le monde Ivan : chaque spectateur, le toro, ses compagnons de cartel... Et surtout, son histoire de gamin maltraité. À plusieurs reprises le public s'est levé pour acclamer ce joli blond à l'allure d'un bâtard de Lady Di. Je pense qu'Ivan Garcia deviendra un excellent torero ; il a tout pour cela : habileté technique, courage rageur, savoir-faire aux banderilles... ! Pour lui le chemin est long, il faut dire que le combat qu'il se livre à lui-même pose de sérieux problèmes. C'est dans l'arène de sa conscience qu'il doit se croiser au plus près des cornes. Il faut qu'il parvienne à porter une définitive estocade à la maltraitance. Jusqu'à la garde... Et que ce souvenir ne se relève plus. À Madrid, pour la feria de la San Isidro qui fut l'une des plus médiocres de l'histoire de cette arène, Ivan a coupé une oreille lors de sa confirmation d'alternative. Seuls cinq matadors ont obtenu pareil trophée en un mois ! Sa sortie en triomphe des arènes de Nîmes quelques jours plus tard le confirme : Ivan parvient peu à peu à ôter ses socquettes pour dormir. C'est avec des bas roses qu'il doit livrer ses combats, et vaincre à tout jamais la misère larmoyante des nuits de son enfance.

La feria de Nîmes de ce mois de juin a été particulièrement réussie. Javier Conde m'a offert la mort de son deuxième toro : « Les passes que je vais faire sont les paroles de mon cœur », me glissa-t-il à l'oreille en me donnant sa montera. Javier fut divin. Ce torero est unique dans son expression ; inimitable. Antoine Bourseiller m'a dit après la corrida : « C'est Noureev mis en scène par Bob Wilson ». Javier Conde, lorsqu'il torée, crée une œuvre surréaliste imprégnée d'étranges clartés. Ses gestes saccadés sont à la fois des rayons de soleil et des éclairs de foudre. Sa tauromachie fonctionne comme une suite d'éclipses ; les passes s'y succèdent en s'éteignant. Feu d'artifice, ciel déchiré par une explosion d'étoiles filantes. Ses faenas se nourrissent de l'énergie lumineuse des queues de comètes.

Le jour de la première corrida, celle de Victorino Martin, j'étais saoul. Cela, en principe, ne se fait pas, mais je dois à cette ivresse un texte de Francis Marmande dans lequel est mis en scène mon délire. Il semble que j'ai beaucoup parlé de souffrance: «Toréer, aurais-je dit, c'est ne pas s'expliquer. Parce que les toros meurent. Les mathématiques n'ont été inventées que comme art de la frayeur, aurais-je continué, pour pouvoir expliquer que le combat du torero c'est cinq cent cinquante kilos de vérité contre 5500 spectateurs de mensonge…»

Mon angoisse, les jours de corridas que j'organise, me devient difficilement supportable. Toutes les craintes se nouent dans mon estomac: je sais que mon métier me conduit à activer des forces que notre culture nous apprend à laisser en sommeil: celles de la mort plus précisément. C'est cela que je ne supporte pas: choisir ceux qui vont mourir. Et c'est ce que je fais lorsque je désigne les toros destinés à une course. «Le 40 ou le 126?», me demande l'éleveur. Et il m'appartient de dire celui de ces deux animaux qui mourra le premier. C'est l'interdit majeur: se substituer à l'ordre naturel.

Le 40 de Camacho… Il est finalement mort au terme de son voyage vers la France. Il ne fut ni brave ni noble. Cette règle est démontrée: les toros les plus combatifs se laissent enfermer sans résistance. Leur tranquillité est un signe de puissance. Plus les toros sont couards et plus ils font de tapage.

Matias Tejela a fait une bonne prestation. Il a superbement toréé à la cape. Les véroniques qu'il a servies à son deuxième toro sont restées gravées dans mes rétines. La véronique est la passe utilisée pour recevoir le toro. Dès qu'il apparaît, le torero juge son galop, et c'est en fonction du rythme de sa charge que le matador choisi de fléchir le genou, de joindre les pieds ou d'écarter le compas de ses jambes. Ce qui est beau c'est l'émotion contrastée née des violents assauts du fauve et de l'apparent abandon du corps par l'homme. J'aime pour cela les véroniques en tablier : le torero se plante comme un piquet sur une plage et abaisse ses bras pour faire traîner lentement sa cape. Il semble alors que le toro vient s'écraser contre un nuage ! Puis, pour stopper la turbulence des pulsions, le torero impose une demi-véronique comme un coup de baguette destiné à arrêter une ouverture galopante. C'est une passe courte : le torero se sert de ses hanches sur lesquelles, en ramenant ses bras, il maîtrise la charge déjà éduquée de l'animal qui semble exprimer pour la première fois quelque chose de profondément humain : la surprise. Le dialogue entre l'homme et la bête commence : « Vois-tu, je puis, par le seul jeu de mes bras et les impulsions que mes doigts donnent à la soie de ma cape, canaliser la violence de tes assauts. Ton volume, tes muscles, ton instinct, sont impuissants contre ma faculté d'homme : la pensée. Oui, la pensée ; c'est parce que je pense que tout à l'heure tu seras vaincu ».

Le toro regarde le matador. Il commence à déchiffrer le terrible message : la bête est inférieure à l'homme…

« Je vais à présent te faire piquer, continue le torero en courant à reculons avec une grâce de papillon. Te faire piquer pour tester ton courage, ta bravoure… Tu vas attaquer le picador et sa monture, sans raison. Ni la faim, ni le désir ne seront tes motivations. Tu vas souffrir pour le sens de l'honneur. Que pour cela… Vois-tu, mon cher toro, après la surprise tu vas découvrir une autre spécificité de l'homme : la perception de soi… La perception de toi-même, animal ! Par là passe le chemin vers l'humain. Alors, fais-toi piquer, ça en vaut la peine… »

Le toro pousse de sa tête une tonne. Du sang gicle depuis son garrot et réchauffe son épaule en coulant vers la canalisation de sa patte.

« Il faudrait à présent que tu m'apprennes quelque chose, animal. La faculté d'enseigner est une autre vertu majeure de l'humain… »

Le toro, au sortir de l'épreuve de la pique, s'arrête au centre de la piste. Le matador, en dandinant du fessier, le provoque pour une chicuelina. Au passage de la troisième figure, la corne droite entre dans la cuisse du torero qui, soulevé violemment pivote sur l'arme naturelle de la bête. D'autres toreros accourent au quite. Une fois le toro éloigné, on transporte l'homme vers l'infirmerie. Encore conscient il pense : « Il faudrait qu'à présent l'animal m'apprenne quelque chose… Il faudrait qu'à présent l'animal m'apprenne quelque chose... » Les yeux du torero ne résistent plus. Ils se ferment.

Deux banderilleros sont passés par l'infirmerie lors de la feria de Nîmes. L'un deux s'est fait accrocher au moment de porter le coup de grâce avec la puntilla. Le toro était déjà au sol, mortellement atteint. Il lui a suffit de donner un dernier coup de tête : la corne est entrée dans le mollet du torero. Le dimanche matin, ce fut un banderillero de Javier Conde qui se fit salement prendre. La blessure fut peu de chose par rapport au spectaculaire accrochage. J'ai craint le pire en observant qu'aussitôt relevé l'homme est parti en courant. Telle est en effet l'une des caractéristiques des graves blessures : une courte fuite folle... Comme si le corps savait qu'il faut vite s'échapper lorsque la mort s'approche... Il le sait ! J'ai regardé Javier ; j'ai lu sur son visage l'ombre d'un doute : la blessure de son banderillero devait-elle être considérée comme un mauvais présage ? « No pasa nada Javier... Vas-y, tu vas triompher... » Heureusement, il m'a cru.



Je me souviens qu'un jour Jaquito, un torero français trop tôt disparu dans un accident de voiture, avait été blessé dans les arènes de Nîmes. C'était dans les années soixante-dix. Jaquito s'était fait accrocher par un lourd toro de Torrestrella. J'ai sauté en piste pour le porter jusqu'à l'infirmerie. Après l'y avoir laissé, je suis revenu sur mes pas. Sur le sol il y avait des taches de sang : de grosses gouttes qui avaient coulé à distance régulière ; tous les cinquante centimètres. J'ai suivi cette trace comme un timide Petit Poucet. Face à l'héroïsme de l'autre, on se sent un peu ridicule. « Il faudrait qu'à présent l'animal m'apprenne quelque chose ». La lâcheté permet de vivre, et la bravoure tue : redoutable enseignement que nous offre la bête !

Pendant la deuxième corrida de la feria, celle du jeudi, Stéphane Fernandez Meca s'est fait blesser dans les arènes de Madrid. Les toreros, lorsqu'ils se produisent à Las Ventas, disent que cette arène n'a que deux portes, celle du triomphe, la grande, ou celle de l'infirmerie. Je suis certain que Stéphane a vécu comme une gloire d'être porté, cuisse ouverte, vers l'infirmerie.

Le samedi, Cesar Jimenez a séduit le public des arènes de Nîmes. J'ai eu plaisir à le voir triompher. Derrière la barrière, près du burladero des toreros, il était toujours là le gourou, susurrant son enseignement unique : « Ferme, hein, sois ferme… À genoux d'entrée… Au centre de la piste… Vamos, vamos ». Et Cesar une nouvelle fois s'est agenouillé juste au centre de la piste. Le visage pâle, et la main gauche ouverte vers le ciel, comme le signe d'une prière, il a provoqué le toro qui a chargé sur une quinzaine de mètres. Quelle folie de recevoir un toro ainsi ! Il a alors à nouveau enchaîné cinq ou six passes droitières, puis s'est relevé à l'unisson de l'immense ovation. Rien n'arrêtera Cesar…

Le matin on avait vu José Mari Manzanares pour l'une de ses dernières novilladas. Le 24 juin, il recevra l'alternative à Alicante, sa ville. Depuis son début professionnel en février 2002 dans les arènes de Nîmes il n'a cessé d'affirmer une classe exceptionnelle. Jamais l'expression « Tel père, tel fils » n'avait été aussi juste. Je prépare pour le 21 septembre un mano a mano entre ce torero et Javier Conde. Je ne pourrai le raconter ici car ces pages ne m'appartiendront plus à cette date, mais que l'on me permette une ultime petite prophétie : cette corrida sera magique !

La feria de Nîmes 2003 s'est achevée sur un important triomphe de Sébastien Castella. Rarement j'ai vu un torero aussi à l'aise et sûr de lui en un lieu où tout homme à peu près normal mourrait de frayeur : entre les cornes d'un toro. Sébastien semble désirer se faire transpercer… Pourtant, malgré son engagement absolu, il ne se fait pas accrocher. Cela signifie que sa maîtrise technique est totale. À qui s'adresse son sourire, lorsqu'il lève les yeux vers les gradins, alors qu'il doit sentir sur sa hanche le souffle chaud du toro ? Chaque torero exprime dans l'arène son mystère. « On torée tel que l'on est », disait Juan Belmonte.

# LIVRE II

**Pour ses rares promenades, et quel que soit le temps, ma grand-mère portait toujours un petit chapeau** à voilette noire. Enfant, j'avais l'impression qu'elle marchait masquée, comme si elle avait eu quelque chose à cacher. S'agissait-il d'une coquetterie particulière ou d'une séparation qu'elle s'imposait avec le reste du monde ? J'habitais avec elle un grand appartement où résidaient aussi ma mère et ma tante. Chaque jour, et durant de longues heures, elle s'installait près d'une fenêtre d'où elle observait les mouvements de la rue. Elle accordait une attention extrême, et toujours renouvelée, aux circonstances les plus banales : le jeu des enfants au sortir des écoles, les va-et-vient des clients chez l'épicier d'en face, le ramassage des ordures. J'avais pour habitude de m'asseoir près d'elle sur un petit tabouret d'où j'essayais d'imaginer ce qui de son observation assidue devait avoir réellement de l'importance. Elle ne parlait pas un mot de français, pas plus que le turc, ce qui m'étonnait, puisque avec ses filles elles se remémoraient constamment la Turquie où elles disaient être nées et avoir vécu. Pourtant, c'était en espagnol qu'elles dialoguaient, ce qui fait que je ne parvenais pas à comprendre d'où nous étions réellement. « De Tolède », répondait ma grand-mère lorsque je l'interrogeais. Mais je me rendais compte qu'elle ne savait pas vraiment où se trouvait Tolède, ni même où était l'Espagne. Je m'étais donc décrété Espagnol, en toute logique puisque la langue de ce pays incarnait ma langue maternelle. Je ne le déchiffrais pas encore, mais j'appartenais à un peuple spécifique : les juifs d'Espagne. J'étais un séfarade. Un Espagnol en errance. Le chemin allait être long et douloureux avant que je puisse rassembler les fragments de cette identité. La langue maternelle contribue à donner une cohérence aux êtres, elle eut au contraire pour moi un effet déchirant. Cette langue était celle d'éternelles souffrances, de multiples exclusions et exils. Elle m'enseigna donc en priorité que nous n'étions pas d'où nous venions ni même de là où nous vivions. J'avais le sentiment qu'elle cachait quelque chose de grave, et que nous devions en être coupables, puisque c'est d'abord les fautes qu'il y a lieu de cacher.

C'est blotti entre les jambes de mon père que j'ai assisté pour la première fois à une corrida, dans les arènes de Nîmes. J'avais quatre ans. Je regardais apeuré entre les doigts de mes mains dont je me cachais le visage. Du sang il y en avait partout. Coulant à flots épais sur l'échine du toro jusqu'à mouiller ses sabots qui paraissaient peints comme les ongles d'une femme. Il giclait sur le garrot et se coagulait rapidement entre les poils. Tout ce que j'observais me dégoûtait. La foule hurlait, mais personne ne quittait sa place. La pique avait glissé sur les poils et déchiré la peau sur quelques centimètres. Une épaisse couche de graisse apparaissait ; d'abord blanche, puis jaunâtre, rosée enfin une fois imbibée de sang. La pique s'enfonçait sans résistance dans le haut du garrot. Le picador, hargneux, était arc-bouté sur son cheval, et s'évertuait à vriller de son bras droit comme pour traverser de part en part la bête. Il grimaçait sous son chapeau rond qui avait glissé sur sa tête mais restait retenu par une mentonnière noire, ce qui contribuait à le rendre grotesque. Son acharnement à vriller en éperonnant les flancs de sa monture lui donnait une allure de poupée dont les mécanismes se seraient déréglés. Son cheval, habillé d'un épais matelas en piteux état, avait lui aussi un aspect surréaliste. Une lanière de cuir s'était rompue, le caparaçon avait glissé et traînait en partie sur le sable, faisant trébucher le cheval qui s'y prenait les sabots, ce qui lui valait des coups de bâton assénés par des hommes vêtus de chemises rouges. L'animal, aveuglé par une étoffe qui recouvrait ses yeux, avait les oreilles ficelées en leurs extrémités, et remplies de papier mouillé pour l'assourdir. Ces scènes me paraissaient barbares. Le cheval heureusement semblait avoir de l'expérience ; il s'appuyait avec habileté s'opposant aux attaques du toro, ce qui lui permettait, malgré tous ces handicaps, de maintenir un certain équilibre. La foule continuait à hurler.

Je m'accrochais nerveusement aux cuisses de mon père, qui souriait lorsque je le regardais. Je cherchais à déchiffrer dans l'expression de son visage une indication à même de déterminer ma conduite. Mais il semblait étranger à ce qui se passait. Pourquoi se trouvait-il aux arènes, et pourquoi m'y avait-il amené ? J'ai resserré mes doigts sur mon visage, et n'ai plus rien vu de la corrida ce jour-là.

La prison était au centre de la ville, juste face aux arènes. Leurs portes se situaient exactement en vis-à-vis. Celle de la prison, de fonte noire et de petite dimension, à laquelle on accédait en gravissant quelques marches, s'ouvrait au fond d'un porche étroit ridiculement peint en bleu ciel. L'autre, celle des coulisses des arènes, par où entrent les toreros, était faite de planches disjointes appliquées sur les hauts barreaux de l'une des grilles.



Tenu de la main par ma mère, je suis passé un jour de corrida entre les portes de la prison et celle des arènes. C'était la première feria de Nîmes. J'avais cinq ans. Devant celle des arènes il y avait un attroupement. De temps en temps, elle s'ouvrait et les gens se bousculaient pour tenter d'apercevoir ce qui se passait. Je ne distinguais qu'un long couloir sombre sous les voûtes de pierre, au bout duquel jaillissait la lumière du soleil. Ma mère essayait de m'entraîner en me tirant par le bras. À intervalles réguliers, une petite camionnette sortait de l'amphithéâtre. Sur son plateau se trouvait la dépouille d'un toro dont la gorge avait été tranchée. Du sang s'écoulait sur une épaisseur de sciure. Lorsque le véhicule s'éloignait, il laissait une trace. Un fil rouge de sang. J'ai regardé l'œil ouvert d'un toro mort.

Devant la porte de la prison, d'autres personnes étaient alignées : plus de femmes que d'hommes. Elles ne bougeaient pas. Leurs visages étaient figés. Cependant leurs yeux étaient extrêmement mobiles et leurs regards accompagnaient la marche des passants comme pour leur imposer qu'aucun ne se retourne vers elles. J'ai désigné la porte de la prison en interrogeant ma mère :

— Qu'est-ce qu'ils font ceux-là ?...

— Là, il n'y a rien, me répondit-elle.

Je fus surpris par sa réplique, mon sentiment était au contraire que c'était là qu'il y avait le plus de choses à voir.

Ma mère m'obligea à reprendre notre marche. Arrivé à la hauteur de l'horloge du lycée, je fus à nouveau surpris : un homme curieusement vêtu, et lui aussi abondamment taché de sang, était porté en triomphe. La foule applaudissait sur son passage. J'interrogeai à nouveau ma mère :

— Qui est-ce ?…

— C'est l'homme qui a tué le toro que tu as vu tout à l'heure.

À huit ans, je suis retourné seul aux arènes. Je me promenais un jour de corrida dans la ville, et suis passé devant le cirque romain. De l'extérieur, je voyais la foule amassée jusqu'au plus haut de l'amphithéâtre où les têtes formaient une couronne humaine. Je vis un enfant de mon âge se faufiler entre les barreaux de l'une des grilles. Il semblait avoir ses habitudes, et je l'ai suivi. Dans les couloirs, vides et sombres, régnait une forte odeur d'urine. Les vomitoires étaient encombrés et je dus, pour pouvoir trouver une place, grimper jusqu'au sommet des amphithéâtres. La bronca à cet instant était vive. La foule grondait. C'est alors qu'un homme, près de moi, déclara sentencieusement : « Dominguin a perdu sa couronne ».

Ce matador, vêtu d'un costume rose et or, semblait indifférent au tapage. Il regagnait l'abri des barrières en évitant par de cyniques feintes du corps les projectiles divers que la foule lui jetait. Derrière lui, vers le centre de la piste, enveloppé d'un nuage de poussière, un couple de lourds chevaux harnachés de grelots teintant tirait avec difficulté la dépouille du toro. La pointe d'une corne était restée coincée dans le sable et y traçait un sillon. La tête de l'animal, dont la langue grise et baveuse pendait de la gueule ouverte, était animée par de brusques soubresauts. De la sorte, la bête morte semblait saluer la foule en souriant, comme un clown sortant de scène. Des hommes, coiffés de casquettes bleues, couraient autour de cet étrange cortège en faisant claquer de longs fouets.

Une orange, jetée depuis les gradins, vint s'écraser sur le sable. Dominguin, contre toute attente, sembla concentrer son attention sur ce fruit. Puis, le piquant avec distinction de la pointe de son épée, il le souleva pour le présenter comme un trophée à la foule. Ce geste déplut et réactiva la bronca. Sur la piste, on s'affairait: un homme ramassait du crottin à l'aide d'un râteau, ce qui n'était franchement pas commode, et provoquait l'hilarité générale. Un autre s'attachait à mélanger de la sciure à du sang pour assécher une flaque. Un personnage à l'allure martiale, vêtu d'un costume de velours noir d'un autre âge et coiffé d'un imposant chapeau orné de plumes bleues, blanches et rouges, surveillait attentivement ce remue-ménage depuis l'une des extrémités de l'arène, indiquant du bout de sa cravache, qu'il pointait dans diverses directions, ce que, de son point de vue, il était urgent de nettoyer. Enfin des trompettes sonnèrent, et le tumulte se transforma subitement en lourd silence.

Alors une petite porte s'ouvrit. Un autre toro bondit dans l'arène avec une vivacité explosive. Il alla frapper directement les planches de la barrière, les fit voler en éclats et s'acharna sur elles, comme s'il avait médité depuis longtemps pareille vengeance. Un matador, vêtu d'un costume couleur tabac, s'avança jusqu'à l'une des deux lignes blanches qui cernaient la piste. D'un cri sec, nettement perceptible, il attira l'attention du toro qui, délaissant son œuvre de démolition, fonça sur lui le museau fièrement pointé en avant. Sur son échine, de petits rubans colorés flottaient au vent. Le torero le reçut dans les plis d'une cape d'un rose scintillant et au revers jaune. Il bougeait à peine, déviant les charges de la bête alternativement à gauche puis à droite, faisant légèrement glisser ses ballerines noires sur le sable. Il utilisait sa cape comme une porte de soie. Sans que l'on eût conscience du temps écoulé, il se trouva au centre de la piste, où, d'un geste ample accompagné d'un effet de ceinture, il lâcha la cape d'une main, que l'animal, dans un ultime bond tenta d'atteindre. Définitivement frustré de ses intentions délétères, il s'arrêta tout net. Comme cloué sur place. Il semblait dépossédé de sa nature sauvage. Le matador lui tourna le dos sans précaution particulière. Serein, il éleva le regard vers les gradins, imposant à chaque spectateur l'évidence de sa maîtrise. Il regardait la foule dans les yeux. Je l'ai trouvé sublime. L'homme près de moi reconnut alors son nouveau souverain : « Antonio Ordonez est le meilleur », dit-il sans autre commentaire.

À la fin de la corrida, le maestro fut porté en triomphe jusqu'à son hôtel par une foule déjà acquise à sa nouvelle idole. Je suivis, admiratif, cette marche glorieuse, jusqu'à l'Imperator, l'hôtel le plus luxueux de Nîmes. « L'hôtel des riches », disait-on dans la ville. Devant son entrée stationnaient de somptueuses limousines. Une Rolls lustrée et une imposante Hispano Suiza étaient garées en double file, prêtes à démarrer. Des curieux, épatés, tournaient autour d'elles sans oser les toucher. Je parvins à me faufiler jusqu'au grand salon trompant le service d'ordre qui en filtrait l'entrée. J'eus le sentiment de franchir clandestinement une frontière. Me faisant discret, je gobais du regard tout ce qu'il y avait à voir. Je découvrais un nouveau monde. D'un seul coup, l'attention générale se fixa sur trois hommes et une femme qui sortaient du jardin. L'un était grand avec une barbe blanche. Un autre, plus petit, était chauve. Le troisième portait de longs cheveux et s'agitait en parlant. Les noms de ces personnages furent colportés de bouche en bouche : Hemingway, Picasso, Cocteau et Ava Gardner. Je n'en connaissais aucun, mais il m'apparut évident qu'il s'agissait de personnalités importantes.

Luis Miguel Dominguin, qui sortait de l'ascenseur, vint les rejoindre. Tous les quatre l'embrassèrent avec ferveur. Il retint la femme par la taille tout en portant son attention sur ce que lui disait l'homme barbu qui, cambré et allongeant le bras, esquissait gauchement le geste d'une passe. Dominguin semblait contrarié, et lui signifia son désaccord par une moue. D'évidence, le matador était peiné par sa corrida ratée. Ce qui m'étonna, c'est que son attitude dans l'arène avait été totalement différente. Face à la foule il s'était montré cynique, avec ses amis il avait l'air plus humble. Il portait le costume civil avec la même élégance que le costume de lumière. On avait l'impression que son corps continuait à toréer même en dehors des arènes. Aucun détail de son environnement ne semblait lui échapper.

Pendant que Dominguin continuait à bavarder avec ses amis, Antonio Ordonez apparut à son tour à la porte de l'ascenseur. Une grande ovation l'accueillit, et à présent toutes les têtes étaient tournées vers lui. Sans aucun doute il était le triomphateur. Alors, écartant de la main ceux qui essayaient de l'approcher, Dominguin se fraya un chemin jusqu'à l'extérieur. Il passa tout près d'Ordonez sans le saluer, ni même le regarder. Un homme, qui portait un fourreau d'épées en cuir ciselé, son mozo de espadas, lui ouvrit le passage jusqu'à la Rolls dont le moteur tournait déjà. De la portière, le torero fit un signe d'adieux avec une princière distance. La voiture démarra et s'arrêta quelques mètres plus loin pour embarquer Ava Gardner, sortie de l'hôtel par une porte latérale.

La nuit tombait. Un nouvel individu s'était glissé en moi.

Mon père est mort au mois de mai, juste à la veille des fêtes de Pentecôte et de la feria de Nîmes. J'avais neuf ans. On l'enterra un vendredi. Le dimanche, j'assistai à ma troisième corrida dans les arènes de Nîmes.

Deux cavaliers vêtus de noir apparurent en piste, les alguazils, suivis de trois matadors et de leurs cuadrillas. Les maestros s'avancèrent pour se détacher du groupe des banderilleros, attendant le retour des alguazils qui traversaient la piste lentement pour aller saluer la présidence. J'ai reconnu Antonio Ordonez. Ceint dans un costume gris perle brodé d'or, il dessinait du pied une croix sur le sable. Il avait l'air absent, tant il était concentré. À sa droite, dans un costume rouge, un autre matador, Jaime Ostos, avait le haut de la tête bandée suite à une récente blessure. Le troisième saluait la foule qui scandait son nom : « Chicuelo ! Chicuelo ! » Il riait franchement. Après un salut du bras que les matadors s'adressèrent mutuellement, ils entreprirent une lente marche pour traverser l'arène. Je ressentais alors une étrange sensation : comme dans un fondu enchaîné cinématographique, les images de l'enterrement de mon père et celles que je voyais dans les arènes se superposaient. Le paseo était devenu un cortège funèbre. Les funérailles de mon père et l'ouverture de la corrida me semblaient appartenir à la même scène. Au même rituel. Un paseo dans ma propre histoire.

L'amour est l'éternelle vocation des hommes. Enfants, nos rêveries se construisent sur les origines de nos premières blessures. Et c'est l'outil, inconsciemment choisi pour en favoriser la cure, que l'on nomme vocation. Son choix ne dépend que d'hasardeuses circonstances. C'est par hasard que mon père m'avait amené dans une arène lorsque j'avais quatre ans. Et ce spectacle m'a révélé la réalité de la mort. Quelques années plus tard, lui-même mourait à la veille de la feria de Nîmes. La mort dans les arènes et la sienne seraient, par ce fait, dans mon inconscient éternellement liées. J'avais reçu l'espagnol comme langue maternelle : le ladino des séfarades. C'est de cette étonnante convergence qu'est née ma vocation taurine. Être torero : triompher de la mort. Celle de mon père. Être torero : une méthode pour affirmer mon identité. Celle de ma mère. Venger l'exil de mes ancêtres chassés d'Espagne. Il me restait le fil d'Ariane de la langue; ceux qui la conservent ne se perdent jamais. J'ai donc trouvé, quelques siècles plus tard, le moyen de retourner en Espagne avec l'espoir d'en être à nouveau citoyen : être torero. Cette vocation représentait aussi pour moi la possibilité d'unir mes parents. Ils s'étaient séparés lorsque j'étais très jeune enfant. Mon tourment était de ne les avoir jamais vus ensemble. Née de la greffe de ma langue maternelle et de la mort de mon père, ma vocation taurine allait me permettre de remettre en scène dans chaque faena le prix à payer pour réunir mon père et ma mère. Me mettre en péril face aux toros était pour moi le moyen d'être aimé. Chaque matador vit cette nécessité. C'est pour cela qu'il demeure immobile lorsque les toros chargent, et que le risque des coups de corne lui est étrangement supportable. L'arène est un divan. C'est au toro que les toreros s'adressent.

Au cimetière, le rabbin a dit que c'était bien que ma mère soit morte un samedi ; que c'est un bon signe. Il a dit aussi que les femmes sont des saintes : « Au pied du mont Sinaï elles refusèrent de livrer leurs bijoux pour fabriquer le Veau d'or », déclara-t-il avec emphase. Puis il a papoté sur ce thème pendant un bon quart d'heure en se prenant un peu les pieds dans ses métaphores bibliques. Il semblait les aimer les femmes le rabbin. Il avait les ongles un peu longs et sales, ce qui est normal, parce que ça doit beaucoup lire un rabbin, et la lecture, ça salit toujours un peu les doigts.



Je me trouvais au plus près de la fosse du caveau et tenais ma vieille tante par le bras. En ce mois de mars, le temps était encore frais et elle semblait cachée sous un grand châle qui couvrait sa tête. Du reste toutes les têtes étaient couvertes comme le veut la tradition, moi-même je portais une petite kippa bleue. À l'entrée du cimetière, un homme me l'avait donnée avec un sourire ironique pour me signifier que j'aurais pu penser à apporter une coiffe. Ma tante avait le regard rivé sur l'intérieur de la sépulture qu'elle observait avec une extrême attention. Elle en examinait tous les recoins, évaluant la disposition des places encore disponibles. Bientôt elle occuperait l'une d'elles. Il me sembla qu'elle observait si tout était en bon ordre, comme si elle avait été en mission. Ménagère de l'au-delà, ingénieur de la mort, ou sentinelle en faction sur le chemin de notre généalogie familiale. Elle avait l'air de tout cela ma vieille tante; il faut dire qu'un caveau de famille, ça ne s'ouvre pas souvent, et que lorsque cela arrive, il vaut mieux avoir un œil instruit pour tout vérifier efficacement.

Il y avait trois cercueils dans la tombe. Le plus dégradé était celui de ma grand-mère morte quarante années auparavant. Elle s'appelait Dora, et était née, comme son mari Mayer dont le cercueil était là aussi, à la fin du XIX^e^ siècle à Izmir en Turquie. Le troisième cercueil était celui de Marco, le fils aîné. C'est lui qui quitta la Turquie le premier pour s'installer en France où plus tard toute sa famille le suivit. À présent que l'on enterrait ma mère, ma tante devenait la seule survivante de cette histoire commencée vers 1492 dans l'Espagne des

Rois Catholiques d'où les juifs avaient été chassés. Beaucoup s'exilèrent en Turquie où ils restèrent plusieurs siècles en continuant à se dire Séfarades, ce qui en hébreu signifie Espagnols, conservant de leur pays la langue et les modes de vie.

Le rabbin, donnant une tonalité solennelle à sa voix, conduisit son discours vers mon rappel à l'ordre communautaire. Me toisant d'un regard chargé de reproches, il signala qu'il y avait longtemps que l'on ne m'avait vu à la synagogue. Son propos me gêna ; ah, il l'avait fait venir de loin son reproche le rabbin, le Veau d'or, c'était pour moi qu'il en avait parlé… Enfin, j'ai jeté trois pelletées de terre sur le cercueil comme cela s'était passé lors de l'enterrement de mon père. J'ai entendu le bruit sourd de la terre projetée sur le bois de chêne. Sons sans accords et froids. C'est cela la mort : un désaccord froid. C'est d'ailleurs la dernière phrase que m'a adressée ma mère alors qu'on la conduisait au bloc opératoire où l'attendaient des hommes masqués et vêtus de longues blouses vertes : « Il fait un peu frais ce soir ». Cette expression m'avait tristement fait sourire car je savais, à cet instant, que des profondeurs de sa conscience chimiquement annulée, elle avait la lucidité poétique de ressentir la fraîcheur qui précède le froid polaire de la mort.

« Il fait un peu frais, ce soir », quelle douce manière de me dire adieu, quelle belle pirouette finale. J'ai compris alors qu'elle m'avait aimé comme le font les femmes apeurées, en feintant. Tel fut son ultime enseignement : l'amour est une feinte, une fêlure dans laquelle il faut savoir se glisser.

Qu'une épée me transperce et me tue, voilà ce que je crains lorsque je me trouve dans une contre-piste. Au moment de la mise à mort telle est mon anxiété : ne pas me situer dans l'axe arrière de la bête. Là, et à cet instant, existe le risque : quand l'acier de la lame fléchit créant un effet dynamique à même de projeter violemment l'épée vers l'arrière. Dans le callejon, tous risquent de se faire poignarder. Il me semble pourtant que je sois le seul à en avoir conscience. Nul ne paraît anticiper sur cette éventualité. Aucune méfiance. Moi, j'imagine des épées et des descabellos qui volent ; je suis dans la peau du comparse d'un lanceur de couteaux sur une piste de cirque. Je me baisse dans le burladero, ou, si je le peux, je m'éloigne du lieu de l'action avec une discrétion ridicule. Je suis un grand parano du descabello ! La tête… c'est surtout un coup de dague à la tête que je redoute. À la tête ou au cou : la jugulaire, les artères… Me faire trancher la gorge… Les yeux aussi, c'est terrible : se faire crever un œil. L'horreur.

Le matador éprouve de sérieuses difficultés à descabeller. Il a déjà frappé plusieurs fois sans résultat. Il s'énerve, le toro, lui, se réserve. Il a compris que je jeu a changé d'objet : à présent on l'attaque avec des lames. Elles brillent au soleil. Ça l'aveugle. Pense-t-il que c'est la lumière qui tue ?… Il ne bouge presque plus et s'est réfugié au plus près des barrières. Il s'y appuie, protégeant ainsi ses arrières. Ils lui en ont trop fait ces salauds… Il n'en peut plus. À présent il ne se défend plus qu'avec son cou. Il l'allonge pour porter de secs et agressifs coups de tête. Ultimes défenses. Dernières réponses. C'est la fin. Il le sait. L'animal est entré dans le brouillard qui précède la mort… L'épaisse brume d'où jamais on ne sort.

Le matador s'affole. Un avis a déjà sonné, quelques secondes de plus et ce sera le deuxième… Il faut se presser. Frapper. Encore frapper… Le public proteste ; certains hurlent de grossières insultes. C'est qu'il faut tuer lorsqu'on se dit matador. Ce nom signifie tueur, du verbe « matar ». Drôle de profession tueur… Alors, semble dire la foule, puisque vous osez vous dire tueur, eh bien tuez ! Et tuez vite, vous n'avez pas le droit de rater votre cible. Nous, conscience collective, vous avons concédé ce privilège unique, ce droit exceptionnel, tuer, alors tuez cher monsieur, et tuez bien. Le torero est défait. La corrida dans ces instants n'a absolument plus rien d'artistique. Nous sommes dans la part maudite du spectacle. Le toro n'est plus une bête mythique. C'est une bête qui meurt. Le torero n'est plus ni héros ni artiste. C'est un tueur qui s'énerve, et qui tache son beau costume. Il faut en finir… Les banderilleros s'affairent autour de l'animal pour lui voler ses ultimes recours, lui ôter ses dernières ressources. « Hé… Hé… », à gauche, « Hé… Hé… », à droite… La cape le plus bas possible pour annihiler les ressorts des muscles de son cou : sa dernière arme. Des coups d'étoffe secs fouettent son museau. L'épuisement, c'est ce que l'on recherche. Qu'il fléchisse, mais qu'il fléchisse enfin !… La puntilla… On en rêve. Mais il résiste encore. Où va-t-il chercher de telles facultés de résistance ? Magnifique animal.

Le matador, au plus près du museau, semble avoir fait effort pour retrouver sérénité, précision et esprit. Il ajuste la verticalité de sa lame au-dessus du frontal. Prend son temps. Vise au centre d'une ligne droite qui irait d'une oreille à l'autre. Elles sont laides les oreilles des toros… Grosses, poilues… Très laides. Peut-être est-ce pour cela qu'on les leur coupe ?… Juste au milieu. Là c'est la mort immédiate. Fulgurante. Ni en avant ni en arrière de cette ligne. Foudroyante. Au centre du frontal; le bulbe rachidien s'y trouve. Clac. Boum. Par terre. Les pattes en croix. Plus que mort: explosé. Certaines réactions nerveuses provoquent de grotesques effets durant quelques secondes. Une patte ou deux s'agitent, des membres d'automate… De clown. Les cils aussi… À cause des yeux qui s'ouvrent puis se ferment. Enfin s'ouvre la gueule. La langue grise pend. Traîne dans la poussière. Le museau est terreux: du sable s'est collé à la morve. Il est mort… Dieu que la mort est terrible!… Surtout les morts accidentelles. J'imagine un champ de bataille: des hommes, des femmes, des enfants, comme des toros morts, mais par centaines.

C'est ce que Saddam a fait aux Kurdes. Des morts, par centaines, partout, eux aussi avec des cils et des yeux qui s'ouvrent et qui se ferment… Sous le soleil… Ça tue la lumière, les toros le savent… Abattoirs, les routes des fins de semaine à déplacements massifs, les champs de bataille (théâtres d'opérations, comme disent les militaires…). Les yeux… Les soubresauts… La bave… La frayeur. Au fond des yeux. C'est pour cela que, dans les films, lorsque quelqu'un meurt, sur son visage une main passe. Pour fermer les yeux et cacher la frayeur qui s'y lit.

Baissé sous le niveau de la barrière, pour me cacher comme un misérable, je me déplace. Je m'éloigne. J'ai calculé toutes les trajectoires possibles du vol de l'épée. Elle ne m'aura pas… Je me tire. Et si je sortais des arènes ?… J'ai si peur qu'une épée me transperce et me tue…

Il était spécialisé depuis toujours dans la cigarette américaine de contrebande. Celle au tabac frais qui donnait une impression de légèreté lorsqu'on la pressait entre ses doigts. La Winston arrivée directement de chez Winston quoi… Celle qui avait voyagé à fond de cale jusqu'à une côte où, de nuit, on l'avait débarquée comme un travailleur clandestin immigré. La contrebande des biens a toujours eu un aspect sympathique. Elle sentait l'aventure et les nuits embrumées. Aujourd'hui, c'est de choses plus dégueulasses qu'il s'agit : cartons de drogues destinées à être dealées devant les lycées, ou paquets d'hommes… Esclaves transportés dans d'horribles conditions depuis l'Afrique. Des yeux écarquillés au fond des cales. Des yeux qui ont si peur qu'ils ne se ferment jamais. Des yeux d'oiseaux sur une côte souillée par une marée noire. L'expression terrible de l'impuissance… Celle qui déchire le cœur… Des yeux de wagons plombés… Des yeux de bêtes…

Des yeux qui ne fabriquent que des expressions de douleur, d'abandon, d'exclusion…

On l'appelait le Diamante Rubio. Le diamant blond. C'est lui, dont on n'a jamais vraiment su le nom, qui vendait les meilleures cigarettes de contrebande. Ce petit commerce lui permettait de se transporter de feria en feria, car ce qu'il aimait plus que tout, le Diamante, c'était la corrida, le flamenco et réciter des poésies populaires qu'il savait habiller de justes intonations. Il faut être du peuple pour dire parfaitement les sentiments profonds des peuples… Et Diamante, accoutré avec génie d'attributs vestimentaires d'authenticité rurale à connotation gitane, était la représentation d'un peuple de plus en plus absent des scènes sociales en Espagne : celui de la picaresque. Celui qui n'avait pas besoin d'aller aux écoles pour apprendre à goûter profondément, physiquement, la poésie de la rue. Qui savait réciter sur tous les tons les drames des relations sentimentales gitanes, et les finesses difficilement décryptables de l'âme des jeunes femmes. Diamante Rubio récitait à une table de café un peu tard le soir : « J'ai rencontré la lune qui m'a dit être le soleil, et le soleil qui m'a dit être la lune, l'un des deux ment, c'est sûr, mais que m'importe puisque j'ai besoin des deux, et qu'ainsi j'ai deux lunes et deux soleils… Les mensonges du clair de lune… Qu'en serait-il de l'amour sans clair de lune ? »

Sa vie durant, il a porté des lunettes rondes sans verres. Des lunettes destinées à ne servir à rien. Les gens pensaient que cette particularité relevait d'une fantaisie atypique. Moi je trouvais plutôt qu'elle relevait de son génie pour l'absurde. Diamante Rubio était un personnage de Ionesco. Mais il n'était pas pour autant une créature fictive. La preuve : c'est qu'il est mort ; anonymement, la semaine dernière, dans une modeste pension de famille où il logeait durant la feria de Valencia. Il commençait sa tournée 2003 le Diamante : de Valencia et Castellon jusqu'à Ubeda en octobre. Toutes les ferias. Sauf en France. Il faut dire qu'il n'arrivait pas à imaginer qu'il puisse y avoir d'autres pays au-delà des frontières du royaume d'Espagne. Souvent il m'a dit : « Mais ça existe vraiment la France ? Debe de estar lejo, muy lejo… » Il avait raison Diamante : il ne devrait y avoir sur la terre qu'un seul pays. Plus de frontières. Il aurait fait un tabac à l'ONU Diamante… C'est con qu'il soit mort, juste au moment où on avait le plus besoin de lui. Et bien voilà, elle s'est arrêtée à sa première étape sa tournée 2003. Pas loin de la statue de Manolo Montoliu. Des fanfares sont passées sous les fenêtres de sa chambre, et des pétards ont craquelé l'espace, avant que l'on découvre qu'il était mort. Beaucoup de bruit, et lui, entré dans l'éternel silence. Cela me fait froid dans le dos d'imaginer que l'on puisse faire du tintamarre autour de mon cadavre. Si je suis vraiment riche un jour, j'aurai un « gardien du silence ». Pour être sûr qu'il organisera le silence autour de ma dépouille. Mais je vois déjà d'ici l'œil avide d'un patrouilleur de l'administration fiscale : un gardien du silence, monsieur, mais ça, c'est un emploi fictif!... Et bien non, un gardien du silence n'a rien d'un emploi fictif. C'est vital pour un mort, un gardien du silence.

Pas de verres à ses lunettes pour bien signifier qu'il n'y a rien à voir... Rien qui en vaille vraiment la peine. Sauf les toreros, car c'est ce qu'il savourait avec poésie, le Diamante, l'art du toreo, et les gestes d'aigles des danseurs de flamenco dans les tablaos des grottes de Grenade où les gitans imaginent dans l'ombre et la fraîcheur leur mystique, et leur musique. Elle est de Grenade, Estrella Morente, la femme de Javier Conde. Gitane de Grenade dont la voix est une fine pluie. Il faut se laisser tremper par cette pluie-là. Qu'elle nous mouille, jusqu'à l'âme. Jusqu'aux os.

Diamante animait les gradins des arènes durant les ferias. Il forçait par de sonores olés et battements de mains cadencés, l'adhésion de la foule aux faenas des toreros. Au théâtre, on appelle cela la claque. Des gens qui entraînent les applaudissements du public lorsqu'il est indécis. J'ai exercé ce petit boulot, à Madrid, lorsque j'étais adolescent. Chaque soir le chef des « claqueurs » nous réunissait dans un café, et nous dirigeait vers différentes salles de spectacles. Mis à part les quelques pesetas que cela me rapportait, c'est grâce à la claque que j'ai découvert les grands auteurs de théâtre. Je n'applaudissais pas pour l'argent, mais bien parce que j'étais enthousiaste. C'est sûr, Diamante Rubio aurait pu être imaginé par Ionesco ou Beckett... Des lunettes pour ne pas voir... Il n'a donc pas vu venir sa mort. Parfaite stratégie pour une fin de vie. Une fin de partie...

Ce qui est dommage c'est que, déjà disparu, il n'ait pas pu voir non plus la magique faena de Javier Conde à Castellon. *Nijinski dansant avec un toro* a titré un talentueux critique taurin. Je savais que cet artiste, Javier, m'apporterait du bonheur. Celui que j'aime : très flou, que l'on ne ressent pas vraiment en nous, mais plutôt tout près de nous. Un bonheur abstrait, qui n'a rien à démontrer, ni rien à rapporter. Le bonheur comme un autre être avec qui l'on peut discuter.



« Tombe mon joli toro... Pour l'amour de Dieu, tombe mon joli toro. Couche-toi... Meurs pour ce que j'ai de plus cher... C'est la vie ce que j'ai de plus cher, mon joli toro, et je viens de te l'offrir ma vie... Tu ne me l'as pas prise parce que tu n'en as pas voulu... Ce n'est pas de ma faute mon beau toro... Alors, je t'en prie, meurs ». C'est cela que murmure distinctement Javier Conde avec une douceur rayonnante. Il vient de porter son estocade, le toro titube mais tarde à s'éteindre. Javier le supplie de mourir… Il mourrait pour que meure le toro, s'il fallait. Il y a un moment où la confusion est extrême et la folie totale. Mourir cela signifie vivre, et vivre cela signifie mourir… Javier Conde accompagne le toro dans le couloir noir. Et moi, derrière la barrière, je répète : « Tombe mon joli toro… Pour l'amour de Dieu, tombe mon joli toro ». Je guette l'animal, à la recherche du moindre symptôme d'affaiblissement. Un petit dysfonctionnement des pattes avant… Il va tomber… Non, voilà qu'il se reprend. Et sa bouche qui vient de se refermer… « Tombe mon joli toro… »

Je regarde Javier : quelles étranges noces l'unissent à la bête mourante. Unis par la mort et la beauté. Diamante, la mort, l'homme et sa beauté, le sang, Lorca… Orageuse poésie de Federico Garcia Lorca. C'est pour cela qu'on l'a tué Lorca, parce qu'il savait trop de choses des hommes. Et de l'Espagne. Et de la mort. On ne l'a pas fusillé pour ce qu'il faisait, mais pour ce qu'il savait. C'est pour cela aussi que l'on tue les toros : parce qu'ils savent trop de choses des bêtes et des hommes. Et de l'Espagne. Espagne de Grenade, de Cordoue et de Tolède. Que tu es belle !… Mais tu es trop savante. Tu dissimules ta science derrière de noirs éventails. Tu me regardes comme une femme, Espagne…

Attends-moi, j'arrive, je vais venir. Pour toujours.

La tauromachie est un théâtre sans double. La mort est réelle dans les arènes. On ne la cache pas. Elle y est exposée, réalisée, donnée... Offerte peut-être. S'agit-il d'un don ? Oui, je le crois, la mort nous est offerte. C'est cela que Diamante Rubio pouvait observer mieux que nul autre de dessous ses lunettes sans verres : l'inacceptable beauté de la mort. Le flirt interdit que les toreros réalisent avec elle. L'indicible plaisir que cela nous inspire. Il faut des lunettes sans verres pour regarder au-delà de la mort, et des Javier Conde pour déclarer son amour à la mort par les éclairs de son corps.

L'épée est basse. Le toro titube. Il cherche de l'oxygène en haussant le museau comme s'il faisait une prière. Au sol s'agrippent ses sabots. Sa queue avec régularité balance, et son mouvement semble battre les dernières secondes. Il va chercher un reste d'énergie pour répondre aux sollicitations des capes. Un banderillero à gauche, l'autre à droite, qui, par des mouvements secs, essayent de le faire chuter. Il pisse. Il a le tournis. Le sang est arrivé jusqu'au museau, d'où il s'écoule goutte à goutte. Il s'étouffe, mais n'ouvre pas la bouche. La lumière peu à peu s'éteint dans ses yeux. La faiblesse lui était étrangère. Ses pulsions de combat avaient exclu pour cette mythologique créature toute forme d'infériorité. De souffrance. Il semble à présent découvrir l'horreur de l'impuissance. Ce tueur perd ses moyens, mais l'approche de la mort sublime cette créature. Il est en cet instant beaucoup plus qu'une bête.

De l'autre côté de la barrière j'assiste pour la énième fois à cette scène. Subitement m'apparaît une évidence inattendue : c'est à ma propre enfance que me renvoient ces visions de souffrance.

Je suis blotti entre les jambes de mon père… j'ai quatre ans. J'assiste à ma première corrida. Fasciné. Effrayé. Aspiré par mon angoisse. J'ai toujours cru que c'est au triomphe du torero que je devais ma vocation taurine. Erreur : c'est à l'animal que je m'étais associé. À sa désespérance. Parce qu'enfant, moi aussi je souffrais. C'est au toro que je m'étais identifié. À son désarroi. À sa solitude. À sa perte.

Quand, adolescent, j'ai voulu être torero, je me suis trompé. C'est vers la douceur que j'avais besoin de me laisser conduire. La violence m'effraie. Je suis démuni d'agressivité physique. La vue du sang m'est insupportable.

Je ne souhaite aucune cérémonie pour mes funérailles. Que l'on m'épargne dans toute arène le ridicule d'une minute de silence.

Je suis un toro.

Que ne puis-je imaginer, comme pour lui, le privilège de l'arrastre, mon corps tiré dans la poussière par des chevaux harnachés et au galop. Sublime sortie de scène.

Je suis un toro.

# Déjà parus
# AU DIABLE VAUVERT

ANTHOLOGIE *Les Nouveaux Puritains,* présentée par MATT THORNE et NICHOLAS BLINCOE, nouvelles
ANTHOLOGIE *Intoxication,* présentée par TONI DAVIDSON, nouvelles
JUAN MIGUEL AGUILERA, *La folie de Dieu,* roman, Prix Imaginales 2002, Prix Bob Morane étranger 2002
*Rihla,* roman
AYERDHAL, *Chroniques d'un rêve enclavé,* roman
CATHERINE BEAUNEZ, *On les aura!,* dessins d'humour
PIERRE BORDAGE, *L'Évangile du Serpent,* roman, Prix Bob Morane 2002
POPPY Z. BRITE, *Self made man,* nouvelles
*Plastic Jesus,* roman
*Coupable,* essai
OCTAVIA E. BUTLER, *La parabole du semeur,* roman
*La parabole des talents,* roman
DOUGLAS COUPLAND, *Toutes les familles sont psychotiques,* roman
TONI DAVIDSON, *Cicatrices,* roman
YOUSSOUF AMINE ELALAMY, *Les clandestins,* roman, Prix Atlas 2001
JAMES FLINT, *Habitus,* roman
CHRISTOPHER FOWLER, *Démons intimes,* roman
NEIL GAIMAN, *Miroirs et fumée,* nouvelles
*American Gods,* roman, Prix Hugo 2002, Bram Stoker Award 2002, Locus Award 2002, Prix Nebula 2003, Prix Bob Morane 2003
NEIL GAIMAN et TERRY PRACHETT, *De bons présages,* roman
WILLIAM GIBSON, *Tomorrow's parties,* roman
STÉPHANE GUIGNON, *&,* roman

THOMAS GUNZIG, *Mort d'un parfait bilingue,* roman,
Prix Victor Rossel 2001, Prix Club Med 2001
*Le plus petit zoo du monde,* nouvelles
Prix des Éditeurs 2003
NORA HAMDI et VIRGINIE DESPENTES, *Trois Étoiles,* BD
ANDRÉS IBÁÑEZ, *Le monde selon Varick,* roman
AÏSSA LACHEB-BOUKACHACHE, *Plaidoyer pour les justes,* roman
*L'Éclatement,* roman
LOUIS LANHER, *Microclimat,* roman
YOUCEF M.D., *Je rêve d'une autre vie,* roman
*Le ghost writer,* roman
JAMES MORROW, *En remorquant Jéhovah,* roman
*Le jugement de Jéhovah,* roman
*La Grande Faucheuse,* roman
DEE DEE RAMONE, *Mort aux Ramones!,* autobiographie
NICOLAS REY, *Treize minutes,* roman
*Mémoire courte,* roman, Prix de Flore 2000
*Un début prometteur,* roman
RÉGIS DE SÀ MOREIRA, *Pas de temps à perdre,* roman,
Prix Le Livre Élu 2002
*Zéro tués,* roman
ALEX SHAKAR, *Look sauvage,* roman
MATT THORNE, *Images de toi,* roman
CORALIE TRINH THI, *Betty Monde,* roman
MICHAEL TURNER, *Le poème pornographe,* roman
TRISTAN-ÉDERN VAQUETTE, *Je gagne toujours à la fin,* roman
ALEX WHEATLE, *Redemption Song,* roman
MARTIN WINCKLER, *Contraceptions mode d'emploi,* document
JOELLE WINTREBERT, *Pollen,* roman

*Impression réalisée sur CAMERON par*

BRODARD & TAUPIN

GROUPE CPI

*La Flèche*
*en août 2003*

*Imprimé en France*
N° d'impression : 19756
Dépôt légal : août 2003
ISBN : 2-84626-061-3